Lehen argitaraldia: 2012, abuztua
14. argitaraldia: 2018, otsaila

Azaleko irudia: Unai Arana
Sailaren diseinua: Unai Arana

L.G. SS 619-2014
ISBN 978-84-15337-95-9

Elkar argitaletxea
Portuetxe kalea, 88 bis
20018 Donostia
Tel. 943-31 02 67

liburuak@elkar.eus
www.elkarargitaletxea.eus

Inprimatzailea: Leitzaran Grafikak, S. L.
Martin Ugalde Kultur Parkea. Andoain.

taupadak

Ezekiel nora ezean

JASONE OSORO

elkar

1

Gutxien espero nuenean gertatu zen. Tira, egia esan, ez nuen sekula pentsatu gertatuko zenik ere. Baina ikasturtea hasi berri genuen hartan, eskolatik atera nintzen astearte batean hantxe zegoen. Zutik. Niri begira. Inoiz ez nuen haren aurpegia ikusi baina begiratu zidan modua nahikoa izan zen zalantzarik ez izateko: gizon hura, nire aita zen.

Berarengana joan nintzen. Eskua eman eta hauxe bota nion di-da:

–Kosta zaizu etortzea.

Berak ez zidan ezer esan. Ez ninduen besarkatu. Begira jarraitu zuen eta, istant batez, bere begian dir-dir berezi bat nabaritu nuen. Eta nire begietan malkoen pisua. Ostia! Negar egiten hasi behar nuen une batetik bestera. Eta ez nuen hori nahi. Gizon hark ez zuen nire emoziorik merezi. Asko jota ukabilkada pare bat, ama, arreba eta hirurok abandonatu gintuelako. Baina... baina jolastokietako petako-makina bat sentitu nintzen, bihotzeko malguki batek pilota eztarriraino bidali izan balit bezala. Ezin hura irentsi.

Halako batean bi pertsona hurreratu ziren.

–Hauek Gloria eta bere alaba Naroa dira.

Naroaren aurpegia ikustean pentsatu nuen akaso merezi zuela aitari aukera bat ematea.

–Itzuli egin zara, beraz.

–Boladatxo bat pasako dugu herrian. Ikasturte bat. Lan-kontuek ekarri naute eta...

Lan-kontuek ekarri zutela? Eta ni zer? Eta Maria zer? Ez al zuen jakin-minik nolakoak ginen jakiteko? Munstro bat irudikatu nuen nire aitaren bihotzean bizitzen. Eta amarekin akordatu nintzen. Gaixoa. Zenbat bider damutu ote zen gizon hura ezagutu izanaz? Zenbat aldiz pentsatu ote zuen ea zergatik enamoratu zen berarekin? Etxean erretraturik ez zegoen baina, aukeran, iruditzen zait askoz hobea izango litzatekeela XXL neurriko posterra egitea aitaren irudiarekin eta nahi beste dardo botatzea bere musuaren kontra. Nazka eman zidan. Baina disimulatu egin nuen. Ez nekien hain ongi disimulatzeko gai nintzenik. Tira, balio izan zuen zerbaitetarako aita ezustean agertu izanak. Neure buruaz eta, batez ere, neure bertuteez gehixeago jakin nuen. Banekien aktorea izateko gaitasuna nuela. Ez zen gutxi!

–Mariari esango diot hemen zaudela

–…

–Maria deitzen da nire arreba. Zure alaba nagusia.

–Badakit.

–Orduan…

–Lasai, Ezekiel. Egingo dizut nik kasu. Etorriko naiz eskolara. Baina denbora behar dut.

–Beste 15 urte akaso? Utikan!

Lurrera listua bota eta alde egin nuen. Amorratuta. Etxera itzuli nintzenean amari esan nion.

–Putaseme bat ikusi dut gaur eskolan: aita.

Ama arrozesnea prestatzen ari zen eta esnea moztu egin zen. Normala.

2

"Ba nik aita ezagutu nahi dut", esan zuen Mariak. Afaltzen ari ginen eta gure aita ikusi nuela kontatu nienetik isiltasuna nagusi zen mahaian. Mariak eten zuen isilunea. Eta espero ez genituen hitz haiek esan zituen.

–Berehala damutuko zaizu –esan nion.

–Baliteke. Baina, halere, aukera bat eman nahi diot.

–Ez al zara konturatzen ez dela gugatik etorri? Argi esan zidan lan-kontuek ekarri dutela herrira.

–Aitzakia bat da. Errazagoa egingo zaio hori esatea gutaz akordatzen dela onartzea baino.

–Egin digun guztia egin eta gero defendatu egin behar al duzu?

–Egin ziguna egiteko arrazoiren bat zuela pentsatu nahi dut.

Ama altxatu eta sukaldetik atera zen.

–Ikusten?

–Zer?

–Ama mindu duzu zure hitzekin! –aurpegiratu nion.

–Berak ere ulertu behar du eskubidea dugula aita ezagutzeko –defendatu zen.

–Zeurekoia zara, gero.

–Hara, Ros, ez eman niri leziorik.

–Hori ezinezkoa da. Beti ibili zara librean.

–Eta zu zeren beldur zara?

–Beldurra ez da hitza, Maria. Nik gizon horri ez diot ezer zor. Ez du nire errespetua merezi. Eta kitto.

Ama sukaldera itzuli zen. Eskuetan kaxa bat zeukan.

–Hau zuena da.

Kaxa mahai gainean utzi zuen. Mariak ireki zuen. Barruan, eskutitzak zeuden. Dozenaka.

–Aitarenak? –galdetu zuen Mariak.

–Maitasun eskutitzak? –gehitu nuen.

–Zuei idatzitako gutunak dira. Nik ezkutatu egiten nituen.

Ez genuen ezertxo ere ulertzen. Ez Mariak, ezta nik ere.

–Aita gure ondoan izan da denbora guztian eta zuk ukatu egin diguzu? –Maria oso minduta zegoen.

–Oso gaizki jokatu zuen nirekin. Hara, ez dizuet sekula kontatu zer gertatu zen baina...

–Ez dut ezer jakin nahi! –Maria suminduta zegoen–. Ez duzu eskubiderik! Ez duzu inongo eskubiderik ume batzuei aitaren presentzia ukatzeko. Nor zarela uste duzu?

–Zuentzat onena nahi nuen.

–Guretzat? Ala zuretzat? Ezin zenuen begi aurrean ikusi eta horregatik ezabatu zenuen gure bizitzatik ere, ezta?

Mariak kaxa hartu zuen.

–Hau ez dizut sekula barkatuko, ama.

Kaxa besazpian atera zen Maria sukaldetik. Eta baita etxetik ere. Nik eskua hartu nion amari. Bere begietan malko lodiek likin itxura zuten.

Ni amarekin nengoen. Maria aitaren oso antzekoa zen. Horregatik eman nahi zion bigarren aukera hori. Baina ni beldur nintzen. Eta beldurra ematen zidan, besteak beste, aita ezagutu eta hura maitatzen hasteak. Ez nion min hori egin nahi amari. Ez nuen ama sufritzen ikusi nahi. Baina gure planak eta bizitza ez dira askotan bat etortzen, ezta?

3

Etxe izan zen nire aitaren berri izan zuen lehena. Lokalera iritsi nintzenean han zegoen eta ezin izan nuen sekretua gorde. Zer arraio! Sekretua al zen, bada?

–Eta zuk zer egingo duzu? –galdetu zidan.

–Putaseme bat da, Etxe.

–Zuk hori ez dakizu.

–Amak esan dit.

–Beharbada zure amarekin putaseme bat bezala portatu zen, baina batek daki ez ote den munduko aitarik onena.

–Harritzen naiz.

–Bueno… batek daki!

Leon iritsi zen berehala. Beti bezala, primizia batekin.

–Ikusi al duzue neska berria? Kristoren katxarroa!

Etxe eta biok isilik geunden.

–E! E, zuek! Hemen nago!

–Rosen aita itzuli da, Leon –bota zuen Etxek.

–Eta berarekin egon al zara? –jakin nahi izan zuen.

–Zerbait hitz egin dugu.

–Ez du ezer jakin nahi aitaz –jarraitu zuen Etxek.

–Zergatik?

–Horixe galdetu diot nik ere.

–Entzun zer esan nahi dizun; agian…

–Horixe esan diot nik ere.

–Ba-le! Esan dizuet ezetz eta punto. 15 urtean ederto bizi izan naiz bera gabe. Ez daukat aitaren beharrik.

Ola patata frijitu pakete batekin iritsi zen.

–Primizia bat daukat: Naroa deitzen da herriko gutizia berria.

–Eta nire aitaren alaba da.

–Zer?

–Benetan?

–Ostia!

Bakoitzak bere estiloan azaldu zuen harridura.

–Ja! Hortxe duzu arrazoi bat aitari aukera bat emateko. Naroa ezagutzea!

–Beti fribolitateak pentsatzen! –esan nion Olari.

Sofatik altxatu eta lokaletik atera nintzen. Handik bost segundora sartu nintzen berriz. Freskagarri bat hartu nuen hozkailutik, patata paketea kendu nion Olari eta sofan eseri nintzen.

–Fribolitate bat izateaz gain, agian aita ezagutzeko seinale bat ere bada –bota nuen halako batean.

Lagunak mutu. Oso gutxi iraun zuen isiluneak, halere. Bat-batean, Ola txaloka hasi zen. Etxek jarraitu zion. Eta Leon ez zen atzean geratu.

–Zuek jota zaudete! –txalo-zaparrada hark lotsa sentiarazi zidan.

–E! Nik txalo egin dut aitari aukera bat emango diozulako –aitzakia bota zuen Etxek.

Ola eta Leon elkarri begiratu eta barrez lehertu ziren.

–Hori lelokeria esan duzuna, Etxe! –aurpegiratu zion Leonek.

–Akaso Naroak pitilina izango balu… –Olak.

–Bo, bale.

Pentsakor nengoen. Eta, gainera, onartzen nuen nire lagunek arrazoi puntua zutela. Batetik, Naroa ezagutzeko moduko neska zen. Eta, bestetik, aitari zenbait galdera egin nahi izan nion beti, eta bazirudien momentua iritsi zela. Besterik ez bazen, ni bi emakumeren esku uztea ez zela bidezkoa izan aurpegiratu nahi nion gutxienez. Batere babesik gabe uztea, Ros eta ez beste inor izateko aukerarik gabe.

–Eta zertan geratu zarete? –jakin nahi izan zuen Etxek.

–Geratu? Ez gara geratu.

–Ez al dizu eman telefonorik edo helbideren bat edo… –jarraitu zuen Leonek.

–Ez. Baina agertuko da –bota nuen–, badakit bera azalduko dela berriz eskolan.

–Eta bestela Naroari galde diezaiokezu… Uiuiui… –Ola bere ohiko pentsamenduekin, nola ez.

Une horretan espero ez genuen pertsona bat sartu zen lokalean.

–Ezekiel hemen al da?

–Maria? Zer gertatzen da? –arreba ez zen ia inoiz joaten lokalera. Arraroa zen.

–Aitarekin hitz egin dut. Bere etxera gonbidatu gaitu afaltzera.

–Ni ez noa –esan nuen.

–Bai, bazoaz. Biok joango gara.

Mariak alde egin zuenean hasi ziren komentarioak. Bata bestearen atzetik.

–Naroa ere egongo al da?

–Agian opariren bat egin beharko zenioke…

–Bai zera!

–Eta zer galdetuko diozu aitari?

–Aizu, Ros, kontatu Naroari Leon izeneko lagun bikain eta perfektu bat daukazula!

Nire sakelako telefonoa jo eta jo zebilen, baina hainbesteko zalaparta genuen, inor ez zen ohartzen.

Eta espero ez genuen beste bisita bat izan genuen. Bigarrena. Elena zen.

–Ezekiel?

–Elena! Zerbait nahi al duzu? Freskagarri bat edo…

–Ez, ez. Telefonora deitu dizut baina ez zenuen erantzuten eta…

–Mobilera? –telefonoa poltsikotik atera nuen–. A bai! Ez naiz konturatu, sentitzen dut…

–Gaur gauean etorri nahi al duzu etxera afaltzera? Bakarrik nago eta…

–Gaur?

Listua irentsi nuen. Hura gehiegizkoa zen. Aita 15 urteren buruan itzuli zen. Eta Elenak estreinakoz gonbidatu ninduen afaltzera. Zer eta bere etxera!

–Planen bat al duzu?

–Ez ez ez! Bueno, bai, zera…

–Lasai. Deituko dizut beste egunen batean…

Iritsi zen ate beretik ateratzera zihoan Elena.

–Kaixo, Elena!

–Agur, Maria.

–Bazoaz?

–Bai… Hemen sobran nago –minduta esan zituen hitzok, niri begiratzen zidan bitartean.

–Kontatu al diozu aitarena, Ros? –bota zuen Mariak.

–Ez. Ez dit denborarik eman.

–Zer gertatzen da? –jakin nahi izan zuen Elenak.

–Aita itzuli dela –erantzun zion Mariak.

–Baina, zuen aita ez al zegoen…?

–Hilda? –aurreratu nintzen–. Neurri batean, niretzat gaur arte hilda egon da.

–Ez zaitez pasatu! –aurpegiratu zidan Mariak.

–Sentitzen dudan bezala esan dut.

–Eta non egon da urte hauetan guztietan? –harrituta, Elenak.

–Gutaz ahaztuta, garbi dago –nik, haserre.

–Tira, gaur gauza askoz hitz egiteko aukera izango dugu –esan zuen Mariak.

–Aitaren etxera afaltzera doaz –argitu zuen Olak.

–Berriz ezkondu zen –kontatu zuen Etxek.

–Eta alaba bat du: Naroa –Leonek, hitzetan lerdea zeriola.

–Ez du alaba. Emaztearen alaba da –argitu nahi izan nuen.

Isilune bat sortu zen. Guztiak jabetu ziren egoera berezia zela hura niretzat eta Mariarentzat. Bizitza osoan aitaren berri izan gabe, bat-batean hark ikusi nahi gintuela jakitea ez zen samurra. Baina, era berean, aukera polita izan zitekeen galdutako denbora berreskuratzeko. Horixe uste zuen Mariak. Baina ni haserreegi nengoen aitarekin aukera txikiena ere emateko. Haserre eta minduta nengoen, eta mina ez zen hitz ederrekin sendatzen. Ekintzak ikusi nahi nituen. Aitaren azalpenak baino gehiago, jarrera zen ikusi nahi nuena. Behar nuena.

–Pastelak eramango ditugu –komentatu zuen Mariak.

–Bai zera! Ni pa Dios!

–Aizu, ikus dezala zeinen ondo hezi gaituen amak!

Horren aurrean ezin ezer esan. Mariak arrazoi osoa zuen. Amaren defentsa sutsua egitera joango nintzen aitaren etxera afaltzera.

–Beste egun batean geratuko gara orduan, Ros… –esan zidan Elenak.

–Inporta ez bazaizu…

–Ez, lasai. Hau askoz inportanteagoa da. Guk izango dugu aukera gehiago.

Joan aurretik musu ezti bat eman nion masailean, ahotik gertu, ezpainak doi-doi ukituz. Elenak alde egin zuenean lagun guztiak txaloka, oihuka eta iseka eginaz hasi ziren.

–Ros! Ros! Ros!

–Zeinen umeak zareten oraindik! –esan zien Mariak–. Ezekiel, bederatzietan da afaria. Etxetik elkarrekin aterako gara, ados?

Mariak alde egin zuenean sofan etzan nintzen. Nekatuta nengoen. Hustuta bezala sentitzen nintzen. Indarrik gabe. Baina Elenaren ez-musuarekin akordatzen nintzenean irribarrea marrazten zitzaidan.

4

–Ondo nago? Nola geratzen zait soineko hau? Kolore honek ondo ematen al dit aurpegira? Ros! Ros!

–Aitarekin da afaria, Maria. Eta ez zure lige batekin.

–Mutilak! –esan zuen, marmarka.

Aitaren etxera joateko igogailua hartu genuenean amarekin akordatu nintzen. Begirada tristea zuen etxean utzi genuenean. Gaixoa. Bizi izandako guztia berriz bizitzea bezala izango zen berarentzat. Ahaztuta zituen hainbat gauza gogoratzea. Eta mina berriz sufritzea.

–Zuk uste duzu ama oraindik aitarekin enamoratuta dagoela?

–Bai zera! –erantzun zuen Mariak.

–Ez dakit ba. Oraindik min egiten dio aitaz berba egiteak.

–Iritsi gara. Aizu, Ros, mesedez, esan behar duzuna ongi pentsatu ahotik atera aurretik, ados?

Zer uste zuen Mariak? Ume-moko bat nintzela? Ez nekiela behar bezala egoten? Ez nekiela zer esan nezakeen eta zer ez?

–Gabon, Maria. Kaixo, Ezekiel.

Mariak bi muxu eman zizkion aitari. Nik eskua kendu nion aitak berea luzatu zuenean. Egongelan mahaia prest zegoen. Eta han zeuden Gloria eta Naroa ere. Bi horiei bina musu eman genizkien biok, Mariak eta nik.

–Tira, nahi baduzue mahaian eseriko gara… –proposatu zuen aitak.

–Akaso aurretik zerbait hartu nahi dute… Freskagarri bat? –eskaini zigun Gloriak.

–Ez, mila esker.

–Ez.

–Pastel batzuk ekarri ditugu… –aurrea hartu zidan Mariak. Ahal zuen neurrian, ez zidan berba egiten utzi nahi. Badaezpada.

–Ez zegoen zertan… Gainera, Gloria sukaldari aparta da eta postre bikainak egiten ditu.

–Nola ez… –esan nuen ironikoki.

Tentsioz kargaturiko isilune laburra izan zen. Naroak eten zuen berehala.

–Zure eskola berera noa, Ezekiel.

–Bai, esan didate –lehor, nik.

–A bai?

–Neska politak berehala egiten dira ezagun eskolan, Naroa –azaldu zion Mariak.

Pena eman zidan Naroak. Saiakera txiki bat egin zuen nigana hurreratzeko, eta nik zakar erantzun nion. Izan ere, berak jaso zituen urte luzez nire aitaren besarkadak eta hitz goxoak. Niri zegozkidanak. Nik sekula jaso ez nituenak. Eta horregatik amorrua nion Naroari. Hain eder eta ezti ikusita. Hain bere lekuan. Hain ondo hezia. Irribarre xalo baina erakargarri harekin. Eta ni, bitartean, nire betiko segurtasun-gabezia eta beldurrekin. Temati. Erresuminez betea. Aitarengandik jaso nuen herentzia hura izan baitzen: bakardadea, abandonatua izatearen kontzientzia eta pisua.

–Letra-zopa?

Hura sinestezina zen. Nola zen posible afari batera gonbidatu eta letra-zopa jartzea?

–Ez al zaizu gustatzen? –galdetu zuen, kezkatuta, Gloriak.

–Noski gustatzen zaiola, ezta, Ezekiel? –Mariak mahai azpitik belaunean jo ninduen bere oinarekin.

–Bai, bai, nire faboritoa da.

Letra-zopa hura nahita jarri zuen Gloriak. Seguru nengoen mendeku modukoa izan zela. Berak ez gintuen ezagutu nahi. Bere senarra, nire aita, berarentzat soilik nahi zuen. Agian beldur zen ez ote zen berriz ere gure amarekin maiteminduko. Posible zen herrira itzultzea bere gogoz kontra eginiko zerbait izatea. Horregatik jarri zuen ahalik eta platerik sinpleena. Letra-zopa. Apustu egingo nuke bakoitzari platerean zer berba jarri ere ibili zela aukeratzen. Bilatzen hasiz gero, ziur nintzen nire eta Mariaren platerean zeuden hizkiekin "gorroto zaituztet" esaldia idatzi ahal izango genukeela. Aitari, berriz, "maite zaitut" mezua jarri zion. Mezu subliminal pertsonalizatu hura irentsi egin genuen. Hantxe hasi zen gure bizitza markatuko zuen etapa baten hasiera. Gu ohartu gabe.

Afariaren ostean hitzik esan gabe itzuli ginen etxera. Maria irribarretsu, lelo aurpegiarekin. Ni serio. Bizi izandakoa burutik kendu ezinik. Etxera iristean ama esna zegoen. Berak onartu ez arren, gure zain. Dena jakin nahi zuen, nahiz eta guk zerbait kontatuko genion itxaropen gehiegi ez izan.

–Zer? –bota zuen, telebista itzaltzen zuen neurrian.

–Ba! –esan nion.

–Primeran, ama. Aita aldatu egin da.

–Zer ostia diozu? –sutan jartzen ninduen arrebak.

–Pentsatzen dudana.

–Zuk ez zenuen aita ezagutu eta ezin duzu esan aldatu denik –aurpegiratu nion.

–Ba bietako bat. Edo amak egia esan du eta, beraz, aita aldatu egin da. Edo beti izan da orain bezain jatorra.

Aitaz ari zela jakingo ez banu, arreba enamoratuta zegoela esango nuke. Hitzok esatean begiak busti zitzaizkion, eta, guk haren negarra ez ikusteko, bere gelara joan zen. Amak telebista piztu zuen berriz.

–Eta zu? Ez al duzu ezer esan behar? –galdegin nion.

–Nik?

–Bai, zuk!

–Hau ez da nire historia, Ezekiel. Zuen aita aspaldi atera zen nire bizitzatik, zorionez. Zuek ez zarete haurrak eta, ezagutu nahi baduzue, nik ez dizuet ukatuko.

Bolumena igo zuen, eta ikusten ari zen saioko kolaboratzaileen tonua are eta ozenago entzun zen. Oihuak geroz eta altuago. Beren onetik aterata zeudela zirudien. Eroak ziruditen. Une batetik bestera buruarekin telebista-pantailaren kontra hasiko zirela zirudien. Izutu egin nintzen ama eroetxe hari begira ikusita. Agian bizitzak garamatza erokeriak egin eta erokeriak onartzera. Agian, bizitza ero bihurtu arteko etapa baino ez da. Letra-zopa gehiegi jan nuen. Botagura sartu zitzaidan. Gustuko nuelakoan, Gloriak birritan atera zidan platera bete zopa. Komunera joan nintzen, azkar, hizki haiek guztiek pasilloko zoruan irakurri nahi ez nuen esaldiren bat idatzi baino lehen.

5

Lokaleko sofa eta butakak kanpora atera genituen. Eta hantxe eseri ginen, eguzkitan. Pipa-poltsa erraldoiak erosi eta haiek zuritzen genituen bitartean espaloitik pasatzen zen jendeari begira egotea baino denbora-pasa hoberik ez zitzaigun bururatzen. Gainera, parez pare gimnasio bat ireki berri zuten eta bertaratzen ziren nesken sartu-irtenak edozein pelikula erotikok beste erakartzen gintuen. Egia esan, afariaren inguruan gertatutako guztia ahazteko beharra neukan. Eta huraxe nuen planik onena, lagunarteko tertulia.

–Ros, deitu al diozu Elenari? –Leonek.

Ezetz erantzun nion buruaz.

–Betiko galduko duzu –berak, berriz.

–Galdu zer? Ez daukat eta ezer –nik.

–Bere arreta ez al da zerbait?

–Ba!

–Harroputza jartzen zarenean ez dago zure ondoan egoterik –Leonek, zakar.

–Utzi bakean!

Berak ez zuen errurik. Leonek, esan nahi dut. Eta, gainera, arrazoia zeukan. Elena atzetik neukan. Bistan zen. Lokalera etortzen zen, bere etxera gonbidatzen ninduen, kalean ere beti gerturatzen zitzaidan... Baina, bat-batean, berarekiko interesa galdu nuen. Eta ez nekien zerk eraginda: aitaren itzulerak sortu zuen tsunamiak edo, besterik gabe, bera hain arretatsu izateak.

–Beste norbaitek kenduko dizu... –bota zuen Olak.

–Zuk, akaso? –tentatu nuen.

–Akaso –berak, harro.

–Edo nik –atzetik Leonek. Isil baina mehatxu eginez.

Ez nuen ezer esan. Ez nuen ezertarako gogorik, ezta istiluetarako ere. Egin zezala Leonek nahi zuena. Banekien Elena gustatzen zitzaiola eta, bestalde, agian niretzat ere onena bere "presioa" kentzea zen. Alegia, ez nuen Elena nire bizitzako ardatza izaterik nahi. Bere garaian izan zen, bale. Berarengatik sufritu nuen. Lagunekin haserretu nintzen. Baina gauzak aldatu egin ziren. Eta Elena ez zen nire neska. Ez nuen ezer berezirik sentitzen. Neska ederra zen. Jatorra. Edonor maitemintzeko modukoa. Baina ez zegoen niretzat egina. Ez, gutxienez, une hartan. Aitaren eta amaren maitasun-istorioa nola amaitu zen ikusita, pentsatzen hasita nengoen amodioa ez ote zen gezurretako zerbait. Asmaturiko sentimendua. Artifiziala. Irauten duen bitartean liluratzen gaituena. Lelotzen. Baina desagertzen denean gaizto bihurtzen gaituena.

–E, e, e! Begira!

Etxek eman zuen abisua. Bi emakume gimnasiorantz ari ziren gerturatzen: Naroa eta bere ama, Gloria.

–Hori al da ama? Dedio!

–Ola, sartu zapatila ahoan, faborez.

–Hara bestea! Zure ama balitz bezala defendatzen duzu! –bota zidan, arrazoi osoz.

–Ya, egia. Barkatu.

–Zer ostia pasatzen zaizu! –egin zidan errieta Olak.

–Aitaren kontua? Joe, motel. Hainbesterako al da? –jakin nahi izan zuen Etxek.

–Nik ba al dakit! –desenkusatu nintzen, neure buruarekin haserre.

–Pst, pst... Hona datoz.

Laurok jarri genuen gure irribarrerik onena Naroa eta Gloria hurreratzen ikusi genituenean. Nik, ahal izan banu, altxatu eta alde egingo nuen. Baina, aldiz, bertan iltzatu izan banindute bezala geratu nintzen. Zurt.

–Kaixo, Ezekiel.

–Kaixo, Gloria. Aupa, Naroa.

–Epa.

–Zer? Gimnasio berrira? Portzierto, ni Ola naiz, Ezekielen lagun-mina.

Eta besteak ia barrez lehertzen ginen bitartean, altxatu eta musu bana eman zien ama-alabei Olak.

–Kontatu digu Rosek atzo bikain afaldu zenutela.

–Ros? –harrituta zegoen Gloria.

–Bai, zera, Ezekiel. Ros, lagunentzat.

–Zergatik? –jakin nahi izan zuen Naroak.

–Ezergatik ez –moztu nuen, lehor.

–Tira, gu bagoaz, presaka gabiltza. Poztu nau zu ezagutzeak, Ola.

–Urte askotarako, andrea.

Eta guztion harridurarako, Olak eskua hartu zion Gloriari eta musu eman.

–Agur, Ezekiel.

Naroak irribarre egin zidan. Jatorra zirudien. Alde egiten ikusi genituen, eta gimnasioko atetik sartu bezain pronto hasi ziren lelokerietan Etxe eta Leon. Etxe Gloria balitz bezala eta Leon Olaren azalean sartuta.

–Urte askotarako, andrea.

Musu emanaz eskuan, nola ez. Eta barrearen barreaz tripako minez. Bitartean, Ola lokalean zegoen, zerbaiten bila. Segundo gutxira atera zen, prismatiko parea eskuan.

–Zer ostiatan ari zara? –galdegin nion.

–Aitak oparitutako prismatikoak erabiliko ditut azkenean.

Eta hantxe eseri zen. Gimnasioko leihoetara begira. Haietako gelaren baten barruan Gloria eta Naroa aurkituko zituen esperantzarekin. Prismatikoekin kuxkuxeatu nahian. Voyeur hutsa balitz bezala.

–Harrapatzen bazaituzte… –abisatu zion Etxek.

–Niri bost! –berak, harro.

–Bo, ni banoa. Aitarekin geratu naiz motor berria begiratzera joateko. –kontatu zigun Leonek.

–Benetan? Zurekin noa! –esan zuen Olak, prismatikoak berriz ere bilduz–. Aizu, eta moto zaharrarekin zer egin behar duzue? Ni prest opari bezala hartzeko…

Han joan ziren, Leon aurretik eta Ola atzetik. Leon Olarekin joateko batere gogorik gabe. Eta Ola Leoni belarria jaten.

–Astuna da gero! –aitortu zuen Etxek.

–Oso astuna –berretsi nuen.

–Eta oraindik musurik eman ez duen bakarra denetik…

–Ez dago jasango duenik!

–Ni ere banoa, Jokinekin geratu naiz. Nahi al duzu etorri freskagarri bat hartzera?

–Ez, ez. Hemen geratuko naiz pixka bat gehiago. Sartuko ditut nik sofak gero.

–Bale. Agur!

Bakarrik geratzea salbazioa izan zen. Ez nuen inorekin egoteko gogorik. Ez inoren lelokeriak entzuteko, ezta nire beldurrak inori kontatzeko asmorik ere. Bakarrik egon nahi nuen. Eta hura leku perfektua zen. Eguzkiak bare jotzen zuen eta kalean isiltasuna zen nagusi. Eta halaxe, sofa zahar hartan eserita, afariaz, amaz, arrebaz, aitaz eta abarrez pentsatzen nuen bitartean, loak hartu ninduen. Eta ez nintzen esnatu harik eta norbaiten eskua sentitu nuen arte nire bekokian.

–Ezekiel! Ezekiel!

Naroa zen.

–Naroa! Kaixo.

–Lo zeunden.

–Ostras! Ez naiz ohartu!

–Gimnasiotik atera berri gara eta erdi lo zeundela iruditu zaigu eta...

–Zer ordu da? –galdetu nion.

–Ordu biak.

–Hau buruko mina!

–Ez naiz harritzen. Gorri-gorri zaude. Erre egin zara, Ezekiel.

–Ostia!

Burua, masailak, bekokia, sudurra, belarriak... Dena neukan erreta. Gorri-gorri. Bizitzaren metafora behar zuen izan hark. Sekula baino ernegatuago nengoenean, bizitzaren ironiez eta sorpresa ezatseginez nazkatzen hasita nengoenean, zer eta eguzkiak bete-betean harrapatu ninduen. Tira, agian, sugeek bezala, azala zuritzeak etapa berri baten atarian nengoela esan nahi zuen.

–Tomate gordina jarri erretako azalaren gainean. On egingo dizu.

Gloria dixit. Amen.

6

Hurrengo goizean esnatu nintzenean, babarrun platera zirudien nire aurpegiak. Eguzkiak urez bete zituen nire azaleko poroak, eta munstro baten itxurak nire iruditik oso gertu egon behar zuen. Institutuan Elena izan zen ikusi nuen estreinako pertsona.

–Zer gertatu zaizu aurpegian?

–Atzo lo hartu nuen eguzkitan eta...

–Aloe landarearen esnea oso ona omen da.

Zergatik gustatzen zaio horrenbeste jendeari erremedioak ematea? Erredurentzako erremedioak. Goibel zaudenean animatzeko erremedioak. Gustuko duzun neska erakartzeko erremedioak. Pena erremedio horiek guztiek ez dutela batere funtzionatzen. Gau osoa pasa nuen tomate-xerrak masailetan jarrita, eta lortu nuen bakarra izarak gorriz tindatzea eta azala tira-tira egina esnatzea izan zen. Gainera, amesgaiztoak izan nituen pentsatuz norbaitek argazkiak atera zizkidala piura horrekin eta youtuben zintzilikatu zituela. Imajinatzen al duzue mundu osoko jendeak ikustea nire argazkiak, zer eta tomate-xerrak masailetan jarrita?

–Zurekin hitz egin nahi dut, Ros.

Ez zen momentua. Ez hura, eta ezta handik lau egunera ere. Ez nuen Elenarekin berba egin nahi. Banekien zein izango zen gaia. Aspalditxotik zebilen gure artekoaz hitz egiteko gogoz. Gustuko ninduela esango zidan, aukera bat emateko, ezin ninduela burutik kendu... Kalaka. Alferrikako berbeta. Baina ez nekien nola esan ezetz. Ezetz esatea ez da batere erraza, eta orain arte inork ez dit hori ikasteko erremediorik eman. "Ez" hitza gogorra da. Astuna. Ezkorra. Madarikatua hitz hori asmatu zuena. Gainera, zer esan behar nion? Ez dut zurekin hitz egin nahi? Ez zaitut gogoko? Ez dut zure bikotea izan nahi? Ez da momentua? Ez naiz zure mutila? Ez, ez eta ez?

–Ya.

–Gero, klaseak amaitutakoan...

–Gaur? Bufa, ez dakit, oso liatuta nago eta...

–Bihar gera gaitezke nahiago baduzu. Zuk esan.

Zuk esan. Kaka. Hortxe izorratu zuen dena. Elena gustatzen zitzaidan eskuraezina zenean. Mitifikatua neukanean. Neskarik ederrena iruditzen zitzaidanean. Beste edonork, nik izan ezik, aldamenean eramateko moduko neska dotorea. Baina nirekin txora-txora eginda zegoela nekienetik, xarma galdu zuen. Eta dena nire esku utzi zuenetik, ez nion batere xarmarik aurkitzen. Esan egin behar nion. Ezin nuen gehiago atzeratu. Lehenbailehen argitzea hobe. Eta berak ere hobe zuen lehenbailehen jakitea. Nitaz ahazteko. Ni ahazten hasteko. Horretarako ere seguru badirela erremedioak, ezta?

–Ados. Klaseak amaitzen direnean –esan nion azkenean.

–Freskagarria nire kontu!

Irribarre zabal batekin alde egin zuen. Nik baietz esango niola sinetsita. Nire ezpainek "Ez" esaten jakingo ez balute bezala. Edo nire buruan beste emakume batentzako lekurik egotea ezinezkoa balitz bezala.

–Ros? Ostia!

Atzera egin zuen Olak nire aurpegiko burbuilak ikusi zituenean.

–Higuina ematen du zure aurpegiak, txo! –bota zidan, zakar.

–Ba, Elenari sexia iruditu zaio –xaxatu nuen.

–Bai zera!

–Klaseak amaitutakoan geratu gara. Fijo musu bat eskatuko didala.

–Harroputza.

Olak baleki... Olak jakingo balu kalabazak eman behar nizkiola Elenari, hantxe etorriko litzateke atzetik. Elenak entzun nahi zituenak esateko prest.

Nik sartutako arantzak kentzeko prest. Nik gordetako musuak banatzeko irrikaz. Ola zen Elenak nitaz ahazteko behar zuen erremedioa. Agian disimuluan eta ondo planeatuz gero... Banuen literaturako klase aspergarria zertan pasa!

Egia zen denbora gutxian asko ari zela aldatzen nire bizitza. Eta aldaketa horrek nire izaerari ere eragin zion. Aitaren etorrerak ezinegona sortzen zidan eta nigan ohikoa zen umorea desagerrarazi zidan. Eta Elenak nigatik sentitzen zuena jakiteak nire lotsak ezabatu zituen. Handia sentitzen nintzen haren ondoan, zuk maitatu gabe maitatzen zaituztela jakiteak ematen duen boterea z. Baina, halere, ez nintzen ongi sentitzen. Ez zitzaidan gustatzen aitarekiko neukan arbuioa. Eta ez nengoen batere harro Elenarekiko nituen pentsamenduengatik. 14 urtez beti mutil berbera izan eta gero, azken urtebetean goitik behera aldatzen ari nintzen. Agian hori izango zen nerabetasunetik gaztarora pasatzea. Agian. Baina oraindik banekien heldua izateko ibilbidea luzea eta, batez ere, oso aldapatsua izango zela.

Nire pentsamenduetan murgilduta nengoela entzun nuen mugikorrera mezu bat iritsi zitzaidala. Etxerena zen: "Urrian Leonn urt btzea. Fst 1 antlko dgu?". Hara, guztiok ari ginen aldatzen. Etxek gutxitan hartzen zuen aurrea gauzak proposatzeko orduan. Baina bere homosexualitatea onartu zuenetik askoz gehiagotan egiten zituen planak talde osoan pentsatuz, gainontzeko guztiok baino. Urte luzez izaki ia pasiboa izan eta gero, estreinakoz bere bizitzan aurrea hartzen zigun guztioi. Ni ez nintzen ezta akordatu ere egiten Leonek urteak betetzen zituenik. Eta Etxek festa bat oparitzeko proposamena bota zuen. Zeinen modu ezberdinean ari ginen hazten. Etxe gora. Eta ni behera. Hori zen, gutxienez, neukan sentsazioa.

–Pst, pst! –Ola zen, atzetik deika–. Jaso al duzu Etxeren mezua?

–Bai.

–Mundiala! Gure lokalean egin dezakegu eta mundu guztia gonbidatu!

Ez nion ezer erantzun. Zer esan behar nion? Ez neukala batere gogorik? Ez zitzaidala batere inporta Leonen urtebetetze-eguna?

–Pst pst! –berriz, Olak.

–Zer ostia?

–Naroa ere gonbida dezakegu…

Emakumeak besterik ez zituen buruan Olak. Bera zen gutxien aldatu zena. Olarentzat lehentasuna horretxek zuen: neskek. Horixe zuen helburu eta gabezia. Edo, akaso, gabezia zelako zuen helburu hori. Edonola, guztiok geunden irrikaz Olak neska bati musu bat noiz emango. Berak parean zituen neska guztiak zituen buruan. Berdin zitzaion Elena, Naroa, nire arreba…

–E, Ros! Naroaren ama ere gonbidatu dezakegu!

Serio ari zen. Hori zen okerrena. Gloria ere gustura musukatuko lukeela. Guk baino 25 urte gehiago izan arren. Nire aitaren emaztea izan arren.

–Bi horiek zure kontu, ados?

Ez nion ezer erantzun.

–Ados? –errepikatu zidan–. Ados, Ros? Bai, e? Zure kontu!

Eta hortxe utzi zuen. Ni mutu geratzea baiezkoa balitz bezala. Eta nik ez nekien zer pentsatu. Ola oso mutil azkarra zela edo erabat leloa. Ez nekien nahita egiten zuen tontoarena hala komeni zitzaiolako. Edo benetan mozolo samarra zelako ez zituen gauzak ulertzen. Tira, Leonen urtebetetzea laster zen. Eta nik ordu pare batera neukan hitzordua Elenarekin. Nola esaten zaio neska bati ez duzula gustuko mindu gabe? Agian literaturako irakasleari galde niezaiokeen. Maitasuna adierazteko olerkiak dauden modu berean, seguru badaudela poemak maitasun eza azaltzeko ere.

Orduan akordatu nintzen Mariak aurreko ikasturtean euskarazko poesiari buruzko lan bat egin behar izan zuela; eta hilabete osoa eman zuela poeta gazteak gora eta poeta gazteak behera. Bazen bat, zarauztarra, bereziki gustatu zitzaiona... Ez nintzen haren izenarekin akordatzen, putza! Tira, interneten arakatuko nuen. Ziur zerbait topatuko nuela.

Hala, atsedenaldia aprobetxatu nuen ordenagailuan saltseatzeko, eta, arrebaren gustuko poeta zarauztarra Jon Benito zela jakin eta gero, haren olerki bat kopiatu nuen paperean. Huraxe eman nion eskura Elenari.

–Olerki bat?

Elena harrituta zegoen, noski. Eta emozionatuta. Eta ekibokatuta. Isilik irakurtzen zuen une hartan begira egon nintzaion, bere aurpegian emozioren baten aztarna topatu nahian. Irribarreak begietaraino egin zuen jauzi eta han malkoz mozorrotu zen.

HAUR ERIA

Nintzen haurrak
txaplatarekin estalia zuen begia
eta ametsetan besterik ez zen pirata

nintzen haurrak
hotz zeuzkan oinak
eta irakurtzen bakarrik zeharkatu zuen estepa

nintzen haurrak
korapiloa zuen bihotzean
eta ez zen maitemindu.

–Zer ederra. Mila esker.

Hitz horiek esan eta musu eman zidan. Orduan ohartu nintzen ez zuela ulertu nire mezua. Guztiz kontrakoa pentsatu zuen. Alegia, maitasun-aitormen modukoa zela pentsatu zuen Elenak. Eta nik bost segundo nituen ezetz esateko. Poema hura ez zela miatasunari buruzkoa esateko. Alderantziz. Baina barraskiloa bezain motel eta karramarroa bezain baldar aritu nintzen. Eta lapsus hartan kontrola galdu nuen. Elenaren musu goxoa mingainen arteko korapilo bihurtu nuen. Eta hitzekin asmatu ez nuena ekintzekin are eta gehiago nahastu nuen. Hura izan zen hasiera eta akabera. Elena eta biok nobio-edo bihurtu gintuen olerkiak. Eta musuak nire askatasuna gatibatu zuen. Zer arraio egin nuen?

7

Berez nahikoa arazo izango ez banitu bezala, gau hartan nire arreba kuttunak are eta gehiago korapilatu zuen nire bizitza. Zalapartaka sartu zen etxean. Oihuka hasi zen amari deika. Eta atea jo gabe sartu zen nire gelan, nire gogoz kontra, noski.

–Ezekiel! Plan mundiala antolatu dut.

Garai hartan nire arrabaren ahotan plan mundiala entzuteak aitarekin zerikusia izan behar zuen. Zalantzarik gabe.

–Itxoin, itxoin. Amari ere kontatu nahi diot. Ama!!!

Ama ez zetorrela ikusita, pasillora atera zen.

–Ama! Amatxo! Zatoz azkar, albiste on bat daukat-eta!

Izarekin sartu zen ama nire gelara. Ohetik altxarazi ninduen, eta izarak tolesten jarri gintuen Maria eta biok. Bera eseri egin zen. Eta Mariak eta biok bakoitzak izararen ertz batetik tira egiten genuen bitartean eman zigun arrebak bere "plan mundialaren" berri.

–Larunbaterako geratu naiz aitarekin. Beno, geratu gara. Laurok. Ez al da bikaina?

Zer? Arreba jota zegoen. Aitaren agerpenak zentzua ezabatu zion. Sekula ez zen oso neska zentzuduna izan baina oraingoan bazirudien aitaz enamoratuta zegoela. Eta berarekin egotea baino gauza hoberik ez zegoela munduan. Kosta ahala kosta berreskuratu nahi zuen aita eta, antza, baita familia ere. Sekula izan ez genuen familia. Maria, ama, aita eta ni neu. Baina hori ezinezkoa zen, eta Mariak ere bazekien. Akaso oraindik ez zen horretaz jabetu baina, bere barnean, ondotxo zekien aitaren etorrerak ez zituela di-da desagerraraziko bihotzeko orbainak.

Eta orduan, ama barrez lehertu zen. Hura izan zen harrigarriena, arrebaren proposamena baino askoz harrigarriagoa. Nik uste nuen ama haserretu egingo zela, triste jarri, oihuka hasiko zela, zer dakit! Baina sekula ez nuen pentsatuko barrez lehertuko zenik. Garbi zegoen ama ez nuela nik uste bezain ondo ezagutzen. Malkoak atera zitzaizkion barrearen barreaz. Tripako mina jarri zitzaion. Agujetak masailetan horrenbeste barre egiteagatik. Ohitura falta, besteak beste. Eta Maria eta biok ere hasi ginen barrez. Hantxe, nire gelan, ama ohean etzanda eta arreba eta biok izara hura ertzetatik helduta. Aspaldi ez bezala barrez. Inoiz ez bezala. Zergatik, ordea? Zerk eragin zigun algara hura?

–Zu burutik zaude –bota zuen amak, serio demonio.

Eta Maria eta biok berriz lehertu ginen barrez. Hura guztia surrealista zen. Ezin zitekeen egia izan. Amets bat behar zuen hark, pelikula bat.

–Egia al da?

Ama zutik jarri zen eta aurpegira begiratu zion arrebari. Baina Mariak barrez jarraitzen zuen. Ezin zion barreari eutsi. Ezin zen gelditu. Baina ama ez zegoen txantxetarako.

–Serio ari al zara, Maria?

Neu izan nintzen isildu zen lehena. Mariak, ordea, ezin zuen. Barre egiteko mekanismoa puskatuta balu bezala ari zen. Eta barre hura iseka bihurtu zen bat-batean. Errespetu falta. Min egiten zuen algara. Une hartan, amak eskua altxatu zuen, Mariari zaplaztekoa emateko asmoz. Baina, berehala, eskua jaitsi eta nire gelatik alde egin zuen. Mariak barre egiteari utzi zion. Eta bere eskua masailean pausatu zuen, ezpainak dardarka zituen bitartean.

Gau hartan zerbait eten zen gure etxean. Maria bere gelara joan zen eta maleta egin zuen. Ama sukaldean geratu zen, afaltzeko entsalada prestatzen.

Bost minutura agertu zen Maria, maleta eskuan. Eta amak bizkarra ematen zion bitartean bota zion esaldi madarikatua:

–Aitarekin noa bizitzera.

Hitz horiek izan ziren Mariaren testamentua. Niri utzitako karga. Amaren aurpegiko zimurrak biderkatu egin ziren. Eta loredun amantalak luto beltzaren itxura hartu zuen amaren magalean.

Zerbait egin behar nuela banekien. Zer, ordea? Gelatik atera eta Mariaren atzetik joan nintzen. Igogailuaren zain zegoen.

–Benetan? –galdetu nion.

–Zer?

–Egia al da aitarekin bizitzera zoazela?

–Bai.

–Jota al zaude?

–Sekula egin dudan gauzarik zentzukoena dela uste dut, Ezekiel.

Beti egin izan zuen nahi zuena. Alde horretatik ezin esan nezakeen parean nuen neska ezezaguna zitzaidanik. Baina amarekiko maitasunean askoz leialagoa zela pentsatzen nuen. Konbentzituta nengoen amaren eta arrebaren arteko lotura eta konplizitatea betiko zirela. Ez zegoela ezer hura hautsiko zuenik. Ni beti sentitu izan nintzen txikia haien artean. Emakumeen eta gizonezkoen arteko ohiko lehia. Horregatik, amari min gehien egingo zion erabakia hain argi eta hotz hartu zuela ikusteak erabat deskolokatu ninduen. Ordura arteko zenbait balio birrindu egin ziren. Nola zitekeen ama-alaben arteko soka hain erraz etetea? Zer zuen aitak amak ez zuenik? Zer ematen zion aitak Mariari, etxean ez zeukanik? Zer ginen ama eta ni neu Mariarentzat?

Igogailua iritsi zen. Maria barrura sartu zen. Baita ni ere.

–Aitak ba al daki?

–Ez.

–Baliteke ez poztea zure erabakiarekin.

Bide horretatik eraso eginez gero agian gehiago lortuko nuela pentsatu nuen.

–Hori nahi zenuke, ezta? –esan zidan–. Aitak ni arbuiatzea.

–Ez dut hori esan.

–Hara, Ros. Zure eta aitaren artekoa zuek konpondu. Baina utzi niri gauzak nire erara egiten. Nik aitaren beharra dut.

–Baina ez al zara ohartzen berak beste familia bat duela? Eta Gloria eta Naroa? Nola sentituko dira zu etxean ikusita?

–Utz nazazu bakean, anaiatxo.

Igogailutik ateratzen saiatu zen baina parean jarri nintzen. Ez nion handik ateratzen utziko. Ezin nuen. Oraindik ere gauza asko esan nahi nizkion.

–Utzi ateratzen.

–Ez.

–Ros, mesedez.

–Ezetz.

Eta orduan, Mariak ostiko bat jo zidan hankartean. Minaren minez makurtu egin nintzen, eta une hura aprobetxatu zuen berak igogailutik ateratzeko. Portaletik ateratzen ari zela sartu zen Ola.

–Ros? Ze ostiatan ari zara makurtuta?

–Utz nazazu bakean.

Altxatu eta igotzeko botoia sakatu nuen. Etxera sartu eta zuzenean joan nintzen nire gelara. Amak ez zidan deitu afaltzeko. Sukaldeko telebistaren soinua topera jarria zuen. Negarra estaltzeko martingala. Une hartan telefonoak jo zuen. Elena zela ikusi nuen eta ez erantzutekotan egon nintzen. Baina azken unean…

–Kaixo, Elena.

–Kaixo. Zurekin berba egiteko beharra nuen eta…

Negarrez hasi nintzen. Bufa! Ez nintzen malko errazekoa baina Elenaren hitzak entzute hutsa nahikoa izan zen nire blokeoa eten eta negarrari emateko.

–Ezekiel? Negarrez al zaude? Baina, baina... zer duzu?

Baboa halakoa! Zergatik ez nintzen bakardadean hustu? Zer zela eta atera zitzaizkidan malkoak Elenaren ahotsa entzutean? Lotsatuta sentitzen nintzen bi arrazoirengatik: negar egiteagatik eta, batez ere, Elenaren aurrean egiteagatik.

–Zaude, berehala joango naiz zure etxera.

–Ez, ez.

Zotinka esan nizkion hitz horiek. Ez nuen Elena nire etxean agertzerik nahi. Ez nion kontatu nahi Mariak etxetik alde egin zuela. Zer esan behar nion, ama negarrez zegoela sukaldean? Hura panorama!

–Nahiago baduzu kalean gera gaitezke...

–Ez, ez.

–Bakarrik nago etxean, nahi baduzu...

–Ezetz!

Oihuka hitz egin nion. Inolako errurik izan gabe, berak entzun behar izan zuen nire amorrua, berak jaso nire haserrearen zauria. Sentitzen nuen.

–Barkatu.

–Lasai.

–Kontatuko dizut. Baina orain bakarrik egon nahi dut.

–Ulertzen dut. Nahi duzunean, badakizu non nagoen.

–Mila esker.

–Aio.

–Aio.

–Muxu bat.

–Aio.

Ez nion musurik bidali. Ez zitzaidan atera. Elena gaixoa. Jakingo balu zer pertsona klase naizen! Nola egon zitekeen maiteminduta batere detailerik izaten ez zuen mutil batekin? Neskak ulertuko zituenik… Baina, era berean, onartzen nuen lasaiago nengoela. Negar egiteak on egin zidan eta, akaso, Elenarekin huste horrek bazuen nik uste baino esanahi handiagoa. Agian nik uste baino kariño handiagoa nion. Maiteminduta esateko beste ez nengoen, baina, nire erara, maite nuen Elena. Lagun on bat zen. Eta lagunen arteko maitasuna ere bihurtu daiteke pasioa, ezta? Irribarre txiki bat eragin zidan hori pentsatzeak. Aukera bat emango nion Elenari. Zergatik ez?

8

Lokalera joan nintzen. Banuen lagunekin egoteko gogoa. Gainera, azkenaldian petralduta nengoen eta, ez dakit, azalpen bat-edo zor niela uste nuen. Egia zen ez nuela oso argi zer esan behar nien, neuk ere ez bainuen ondoegi ulertzen zer gertatzen zitzaidan. Aitaren etorrerak goitik behera aldatu zuen nire bizitza, baina nire izaera hain grisa bilakatu izanak seguruenik zerikusi handiagoa zuen adinarekin, aitarekin baino. Akaso lagunek ere sentitzen zuten nire egonezin hura. Kontatu egin nahi nien. Eta beraien ahotan entzun ea zer sentitzen zuten.

–Aupa, Ros!

Leon zegoen lokalean. Poztu nintzen bera aurkitzeaz.

–Hobeto?

Harrituta utzi ninduen galdera hark. Hobeto? Zergatik esaten zuen hori?

–Olak kontatu dit zurekin topo egin zuela lehengoan eta…

–Jode! Ezin al du isilik egon horrek?

–Badakizu nolakoa den…

Freskagarri bat hartu nuen hozkailutik.

–Besteak ere etortzekoak al dira?

–Baietz uste dut.

–Primeran.

Eta isilik geratu ginen. Hantxe. Kieto. Freskagarria edaten ni eta motoen aldizkari bat irakurtzen Leon. Halakoxeak baikara mutilak. Ezgauzak hainbat gauzari buruz berba egiteko. Nik barruak hustu nahi nituen, baina ez nintzen ausartzen. Eta Leon ere sekula ez zen hizketarako oso trebea izan. Inkomunikazioaren komunikazioan bizitzen ohituta geunden. Zalaparta, barrea eta txantxa. Horiek ziren gure hizkuntzaren kodeak. Ondo menperatzen genituen tresnak. Baina bene-benetako sentimenduei buruz sekula ez genuen hitz egin. Eta kosta egiten zitzaigun. Ez genekien nola hasi. Zer esan. Lotsa ematen zigun barruko kezkak eta ardurak besteei kontatzeak. Horretan ere, onena Etxe zen. Baina bera ez zegoen lokalean. Eta Leon eta bion arteko berbeta-gai bakarrak bi ziren: motorrak eta neskak. Neskak eta motorrak.

–Ostia! Hau makina!

–Aber... Kristoren katxarroa, bai.

–Dirua aurreratzen dudanean horrelako bat erosiko dut!

–Ordurako seguru beste zerbait hobea atera dutela, txo!

–Bai, egia.

Aldizkaria alde batera utzi zuen.

–Eta zu eta Elena?

–Zer?

–Elkarrekin zaudete ala ez?

–Zertarako jakin nahi duzu? Elena zuretzat libre dagoen jakiteko?

–Ez dizut horregatik galdetu, Ros.

–Ez deitzeko Ros, ostia!

–Zoaz popatik hartzera!

Altxatu eta lokaletik alde egin zuen. Eta nik freskagarria lurraren kontra bota nuen. Neure buruarekin haserre. Munduarekin haserre. Denak nire kontra zeudela iruditzen zitzaidan. Konspirazio bat egon zela ni ahultzeko. Nire porrota desio zuen norbait nire itxura zuen panpina bati orratzak sartzen egongo balitz bezala sentitzen nintzen. Eta ziztadak ere sentitzen nituen bihotzean, sabelean, eztarrian. Telefonoa hartu eta sms bat bidali nion Leoni: "Barkatu". Berehala jaso nuen erantzuna: "Ilberan gaude".

Gaude. Plurala erabili zuen. Seguru Ola ere bertan zela, eta Leonek gertaturikoa kontatu ziola. Tabernarantz abiatu nintzen. Hantxe zeuden. Leon, Ola eta Etxe. Sartu nintzenerako hiruren begiradak sumatu nituen gainean. Jakinaren gainean zeuden, bai.

–Zerbait hartu nahi?

Ez nuen ezer hartzeko gogorik. Mila gauza esan nahi nuen. Nire lagunak ziren eta azalpenak zor nizkien. Nire lagunak ziren eta haiei, nori bestela, kontatu ahal nien zer gertatzen zitzaidan. Baina… Zer gertatzen zitzaidan? Neuk ere ez nekien oso ongi. Aitaren etorrerak iraultza suposatu zuen nire familian eta nire bizitzan. Gehiegizko aldaketa, oraindik ere nerabea zen pertsona batentzat.

–Zer gogo 20 urte betetzeko! –bota nien.

–Zahartzeko? –esan zuen Olak.

–20 urterekin, ikasketak amaituta, lanean eta etxetik kanpo bizitzen egotea espero dut –gehitu nuen.

–Ez da plan txarra! –onartu zuen Leonek.

–Txarra ez, baina ezinezkoa bai –serio, Etxek.

Hori zuen Etxek txarra. Gu baino helduago izateak bizitzaren ikuspegi zabalagoa eta, batez ere, errealistagoa ematen ziola. Guk ondo pasatzea genuen helburu bakarra. Ia bakarra. Berak ez. Etxek beti pentsatzen zuen etorkizunean. Guretzat geroa hiztegian agertzen zen hitz bat zen. Baina urrunegi zegoela iruditzen zitzaigun pentsatzen hasi orduko. Asko jota, azterketa garaian gero etorriko ziren egun lasai haietan pentsatzen genuen. Baina, normalean, bihar zen etorkizunetik gertuen zegoen egun bakarra. Guri interesatzen zitzaiguna.

–Aitaz ahaztu behar duzu –aholkatu zidan Leonek.

–Badakit.

–Hain txarra al da? –jakin nahi izan zuen Olak.

–Ez.

–Orduan? –jarraitu zuen Olak.

–Hori du txarra. Ez dela txarra. Askoz errazagoa izango litzateke txarra balitz. Maltzurra. Orain arte izan dugun irudiaren kalkoa balitz.

–Sorpresaz hartu zaituena ez da izan aita ikustea. Aita pertsona jatorra dela ohartzea baizik –esan zidan Etxek.

–Tira, hainbesteraino ere ez dakit. Ondo portatu da gurekin egun hauetan baina… Ez naiz fio.

–Zergatik? –kuxkuxeatu zuen Olak.

–Ez dakit, badago zerbait… Zerbait ezkutatuko balu bezala.

–Eta Mariak zer dio?

–Maria txundituta dauka. Pentsa, aitarekin bizitzera joan da.

–Zer?

Harrituta gelditu ziren hirurak. Hori bai ez zutela espero. Zer eta Maria, betidanik neska-neska izan dena, gizonak nolanahi erabili izan dituena, aitak txikitan abandonatu zuelako, Maria, herriko neskarik feministena, zer eta aitaren etxera bizitzera.

–Eta zuen ama nola dago? –kezkatu zen Etxe.

–Lur jota, pentsatzen dut.

–Ez al duzu berarekin hitz egin? –galdetu zuen Leonek.

–Ez. Ez dakit zer esan.

–Ya. Nik ulertzen zaitut –defendatu ninduen Olak.

–Ama eta biok ez dugu inoiz hitz egin! Zer esan behar diot?

–Agian nahikoa du besarkada bat –iradoki zuen Etxek.

–Jota al zaude? –esan nion.

–Ez al duzu sekula besarkatu?

–Umetan-eta bai baina...

Ola eta Leon irribarrez hasi ziren. Lotsa modukoa sentitzen zuten beraien burua ama besarkatzen imajinatuta. Nik bezala. 14 urteko mutilok ez ditugu gurasoak besarkatzen.

–Seguru zure amak hori behar duela orain. Besarkada bat.

–Ba, zoaz eta besarka ezazu zuk –bota nion Etxeri, zakar.

–Zure besarkada da behar duena, Ezekiel.

Nahita erabili zuen Ezekiel. Eta horrek amorrua eman zidan. Beti Ros deitzen zidan mundu guztiak, eta Ezekiel izena erabiltzea presioa egiteko modua zen. Etxe madarikatua! Gu baino askoz trebeagoa zen hitzak eta sentimenduak kudeatzen.

–Etxera noa.

Burumakur atera nintzen kalera. Pentsakor. Etxera bidean, ama besarkatuko nuela pentsatzen hasi nintzen. Baina pentsatze hutsak egonezina sortzen zidan. Nola besarkatzen da ama bat?

9

Naroak ezustean harrapatu ninduen portalean.

–Naroa! Zer egiten duzu hemen?

–Zurekin hitz egin nahi dut.

–Nirekin? Zerbait gertatu al da?

–Ez. Bueno, bai eta ez.

Ordura arte apenas gurutzatu nuen hitzik Naroarekin. Neska hark bazuen zerbait erakartzen nindueна baina, aldi berean, ez dakit, beldurra ematen zidan. Urduri jartzen ninduen. Begirada arraroa zuen eta etengabe zerbait ezkutatzen ari zen sentsazioa izaten nuen. Sekretu bat izango balu bezala. Nire burutazio txoroak izango ziren, seguruenik. Baina, edonola ere, atzera botatzen zidan zerbait zuen Naroak.

–Nahi al duzu etxera igotzea?

–Ez, ez. Hobe zure amak ikusten ez banau.

–Bai, noski.

Une hartan hirugarren solairukoa sartu zen. Salba. Kaixo, Ezekiel. Kaixo. Ondo? Bai, ondo. Ama ere ondo? Bai, ondo. Bihar euria egin behar omen du. Bai? Ez dakit. Bai, hala esan dute. Tira, gabon. Gabon, bai.

Salba igogailuan sartu arte isilik egon ginen Naroa eta biok. Gero irribarre egin zuen berak.

–Zeinen interesgarriak izaten diren auzokoen arteko elkarrizketak, ezta?

–Orijinalak, batez ere.

Beste irribarre bat egin zuen, eta errezeloa eman zidan arnasa sakon hartu zuela ikusteak. Esatera zihoana garrantzitsua balitz bezala. Esan nahi zuena esatea kostako balitzaio bezala.

–Tira, bota.

–Mariaz hitz egin nahi nizun.

–Nire arrebaz?

–Bai... Badakizu gure etxera etorri dela eta...

–Eta?

–Ez nago eroso, Ezekiel.

Falta zitzaidana! Nahikoa arazo izango ez banu bezala! Nahikoa lan ez balitz bezala ama bere onera ekartzea, aitaren etorrera asimilatzea.

–Ez dut ulertzen –bota nion.

–Etorri garenetik aita asko aldatu da.

Aita hitza erabili zuen eta arraroa egin zitzaidan. Ez zen Naroaren aita baina, halere, berak aita deitu zion. Izan ere, aita izan zuen ia bizitza osoan. Halaxe tratatu zuten elkar, aita-alaba izango balira bezala. Aita ez da hazia jartzen duena, hazia ereiten duena baizik. Nik aitaren hazia nuen baina Naroa izan zen garaztatu, zaindu eta maitatu izan zuena. Normalagoa geratzen zen Naroaren ezpainetan aita hitza nireetan baino. Niretzat aita ez zen nire aita.

–Gure bizitza ere aldatu du, ez pentsa –amorruz esan nion.

–Bai, badakit. Ez da erraza inorentzat.

–Gure ama ikusiko bazenu…

–Nirea ere ez dago ondo.

Horretan ez nuen gehiegi erreparatu. Beti pentsatu izan nuen Gloriak eta Naroak askoz errazago zutela egoera berria guk baino. Beraiek izan ziren nire aitak familia osatzeko aukeratutako kideak. Gu arbuiatuak izan ginen. Eta arbuiatua izateak orbaina uzten du bihotzean. Bihotzekoak dira sekula ezabatzen ez diren orbainak.

–Ez da gauza bera –esan nion.

–Ez pentsa. Nire ama beldur da ez ote duten bigarren aldiz abandonatuko.

Isilik geratu ginen. Nire isiltasunak galdera ikurra irudikatu zuen airean.

–Nire aita biologikoak ama utzi zuen haurdun zegoela jakin zuenean.

Egia. Gloria eta Naroa gure oso antzekoak ziren. Horretaz ere ez nintzen jabetu ordura arte.

–Nik aita bakarra ezagutu dut. Zure aita. Maite dut. Maite nau. Eta ez dut galdu nahi.

–Eta zergatik uste duzu galtzear zaudela?

–Mariarekin maiteminduta dago.

–Zer? –harrituta.

–Esan nahi dut liluratuta dagoela zure arrebarekin. Eta ni... ikusezina bihurtu naiz bat-batean.

Negarrez hasi zen. Gaixoa. Pena eman zidan. Azken batean, bera ere galtzaileen aldean zegoen. Gure aita berekoi hutsa zen. Hori zen atera nezakeen ondorio bakarra. Bere burua besterik ez zitzaion inporta. Erabili egiten zuen jendea bere interesen arabera. Horixe zen egia bakarra. Borroka hartan irabazle posible bat besterik ez zegoen: aita. Gainontzeko guztiak txotxongilo hutsak ginen, aitak gidatzen zituen hari hauskorretara lotuak.

Bat-batean Naroak besarkatu egin ninduen. Bere malkoek nire jertsea busti zuten. Nik besarkada itzuli nion. Hantxe egon ginen, korapilatuta. Eta, istant batez, malkoen hezetasuna elektrizitate bilakatu zen. Penak eraginda elkartu ginen eta kontaktu hark kimika sortu zuen. Une hartan askatu ginen. Eta Naroak alde egin zuen.

Etxera igo nintzenean ama sukaldean zegoen, telebistako alukeriei begira baina ezer ikusi gabe. Ni ikusi ninduenean altxatu egin zen, afaria prestatzeko asmoz. Berarengana hurreratu nintzen eta, ezer esan gabe, besarkada bat eman nion. Nire buruan Naroa zegoen. Bihotzean, ama. Huraxe zen amak besarkatzeko modua, modu bakarra: bihotzarekin.

10

Leonen urtebetetze-festa prestatzeko geratu ginen lokalean Ola, Etxe eta hirurok. Etxe bere bikotearekin azaldu zen. Oso gutxitan etortzen zen gurekin, eta sentsazioa nuen bera zela gurekin deseroso sentitzen zena. Azken batean guk, Olak, Leonek eta neuk, Etxeren homosexualitatea erabat onartuta geneukan eta gure lagunartea handitzeari abantaila gehiago aurkitzen genion desabantailak baino. Hori bera aipatu izan genion behin baino gehiagotan Etxeri. Lasai esateko Jokini gurekin ateratzeko. Eta badakit Etxek gustura entzuten zituela gure hitzak. Bikote bezala ondo zeuden baina tarteka aspertu ere egiten ziren. Etxe ohituta zegoen lokaleko gure hizketa eta deabrukerietara, eta Jokin serioegia zen. Hasierako harreman klandestino hura, ezkutuko musuak eta ferekak "normalizatu" egin ziren. Jendeak bazekien bikote zirela, onartu egin zituen eta horrek, normaltasun horrek, eta denboraren eraginak, okerrera eragin zuen harremanean, nolabait. Errutina munstro ikaragarria da, dena irensten duen herensugea. Horregatik poztu ninduen Jokin lokalean ikusteak. Etxerengatik poztu nintzen.

–Tira, orduan denok ados festa lokalean egitearekin? –galdetu zuen Olak.

–Beste aukerarik ez badago… –bota nuen.

–Hain leku desegokia al da hau? –harrituta, Olak.

–Desegokia ez da hitza, txikia baizik –zehaztu nuen.

–Eta zenbat pertsona gonbidatu nahi dituzu? –jakin nahi izan zuen Etxek.

–Ba, ez dakit, baina hemen ez gara sartzen dozena bat baino askoz gehiago…

–Espaloia erabil dezakezue.

Jokin izan zen esaldia bota zuena. Beti *zuek* erabiltzen zuen, ondo mugatuz gu Etxeren lagunak ginela, eta ez bereak. Sekula ez zuen bere burua gure taldean sartzen. *Dezakezue*. Modu erabat kontzientean egiten zuen, eta uste dut propio egiten zuela Etxe mintzeko.

–E! Ideia mundiala!

–Jota al zaude, Ola! –egin nion oihu.

–Bikaina da! Sofak aterako ditugu, kaxak ere har ditzakegu eserleku gisa, sonbrilla bat edo beste…

Burua astintzen hasi zen. Eta Olak buruari eragiten zionean arriskutsua izaten zen. Edozerk zeukan kabida Olaren buruan eta, hori gutxi balitz, filtrorik gabe botatzen zituen horiek guztiak.

–Ez dugu baimenik –ohartarazi nion.

–Berdin dio –berak.

–Nola berdin diola? Eta isuna jartzen badigute?

–Bai zera! Udaltzainak etortzen direnean dena jasoko dugu eta lixto!

Olak ez zuen inolako arazorik ikusten. Ohitua zegoen dena baimenik gabe egitera eta horrek balio erantsia zuen berarentzat. Abentura apur bat ematen zion festari eta abentura hitza zainetan sarturik zeukan Olak.

–Musika jarriko dugu, barbakoa bat ere ekar dezakegu…

–Nahi baduzu nik lortu dezaket zuritera bat –bota zuen Jokinek.

–Benetan? Mundial!

Eskuaz eskua jo zion Olak Jokini. Etxe eta ni isilik. Zer esan asmatu ezinik. Edo, bestela esanda, esaten genuen oro alferrik zela jabetuta. Guztiz. Ez zegoen Ola geratuko zuenik. Gainera, bera hasi zen festa antolatzen eta guk lagundu besterik ezin genuen egin.

–Ardura zurea da –esan nion.

–Nirea. Lasai –erantzun zidan Olak–. Zerrenda bat ere egin dut.

Poltsikotik atera zuen sakelakoa eta bertan apuntatuak zituen izenak hasi zen aipatzen. Bat, bi, hiru... 30 lagun zeuden Olaren zerrendan. Hura zalaparta sortu behar genuena espaloian.

–Mundiala aterako da! Leonek inoiz izan duen urtebetetze-festarik onena!

Pozik zegoen Ola. Poza ematen zion, batetik, Leoni festa antolatzeak, baina baita ere, neurri berean, berarentzako festa antolatzeak ere. Hantxe elkartuko ginelako mutilak eta neskak. Eta hantxe izango zuelako aukera norbaiti musua emateko. Gizajoa. Gizajoa bera, eta gizajoa ahoarekin harrapatzen zituen ezpainen jabea!

Una hartan eta ezustean, erabat ezustean, Leon sartu zen atetik.

–Iep!

Denok jarri genuen izu aurpegia. Eta bera, nola ez, konturatu egin zen.

–Hain itsusia al naiz? –bota zuen.

–Ez al dakizu atea jotzen sartu aurretik? –esan zion Olak.

–Zer ostiatan ari zara?

Leonek arrazoia zeukan. Olaren erreakzioa nahikoa zen zerbait ezkutatzen ari ginela ohartzeko. Baina Leon oso sinplea zen zentzu horretan. Ez zuen maliziarik eta sekula ez zuen pentsatzen besteak bere bizkarrera zerbait egiten ariko zirenik, ez txarrik ez eta onik ere.

–Aupa Jokin, aspaldiko!

Leonek bostekoa eskaini zion Etxeren bikoteari. Eta une hartan, Jokinen aurpegia ikusita jakin nuen zergatik etortzen zen hain gutxitan gurekin. Leon gustatzen zitzaion Jokini. Uiuiui… Leon sartu zenetik urduriago sumatu nuen. Eta ziur naiz Etxe ere ohartu zela. Etxe gu baino askoz sentiberagoa zen edozertarako. Ni neu ere harrituta nengoen neure buruarekin, detaile horrekin jabetu nintzela-eta: aitaren itzulerak nire bizitzan eragindako zurrunbiloak beste zenbait arlotan ere eragin zuen, antza. Zentzumen berri bat garatu nuen. Emakumezkoengan hain ohikoa den intuizioa. Gustatu zitzaidan sentsazio hura. Ikusezina bihurtzea bezalakoa zen, ia-ia. Boterea ematen zizun. Besteen buruan zer zegoen nolabait ikusteko gaitasuna. Eta hori mirariak egitea bestekoa zen. Batez ere ondo erabiltzen asmatuz gero. Baina, kasu hartan, zer egin nezakeen? Leoni esan? Etxerekin hitz egin? Dena zegoen bezala utzi? Horixe izango zen hoberena. Azken batean, nik ez nekien zein zen Etxeren eta Jokinen arteko harremana. Agian irekita zeuden esperientzia berrietara. Gainera, gazteegiak ginen edozertarako. Batez ere bikotea izateko. Batez ere betiko eta gauza guztietarako lotzen zaituzten harremanak izateko. Egin zezatela nahi zutena. Hori bai, Leonek nekez onartuko luke zerbait izatea Jokinekin. Hori bai ezetz. Eta hori ziurtatzeko ez zen inolako intuizio berezirik behar.

–Eta? Zertan ari zineten? Planik bai? –galdetu zuen Leonek.

–Ez, aspertuta geunden –saiatu zen disimulatzen Etxe.

–Betikoa –azpimarratu zuen Olak.

Baina disimulua ezin exageratuagoa geratu zen. Alde guztietatik nabaritzen zen gure egonezina. Leonek traba egiten zigun nahi genuena egiteko, hau da, bere festa behar bezala antolatzeko.

–Aizu, Leon... motoan etorri al zara? –galdetu zuen Etxek.

–Bai, zergatik?

–Primeran! Jokin irrikaz dago zurea bezalako motorra probatzeko. Zergatik ez zarete buelta bat ematera joaten?

Eta erantzunaren zain egon gabe, biak bidali zituen lokaletik. Leon eta bere nobioa. Ni harrituta geratu nintzen. Leon flipatuta. Eta Jokin, non sartu ez zekiela. Izerdia bekokitik behera erortzen hasi zitzaion. Gizajoa. Atetik atera zirenean algaraz hasi zen Ola.

–Bikaina izan da! Eta Leonek ez du ezer nabaritu! –zoriondu zuen Etxe.

–Tira, azkar. Zehaztu ditzagun detaileak bi horiek itzuli baino lehen.

"Zehaztu ditzagun", bota zuen Etxek. Eta bera bere bizitza alda zezakeen detaile txikiaz ohartu ere egin gabe. Nola zitekeen bere nobioa Leonekin motoan ibiltzera bidaltzea? Tira, bakoitzak bere ideien arabera eraikitzen du bikote-harremana. Izan zitekeen, beraz, Etxek jakitea bere mutilari Leon gustatzen zitzaiola eta, nolabait, bidea erraztea. Keba, keba! Hori ezinezkoa zen. Ondotxo ezagutzen nuen Etxe, aspalditik, eta beti azaldu zen mutil tradizional bat bezala. Baita bikote-harremanetan ere.

–E! Ros! Zuk ez al duzu ezer esan behar? –Olak nire munduan harrapatu ninduen.

–Zer?

–Ondo iruditzen al zaizun *estriper* bat ekartzea Leonen festarako?

Zer? Jota al zeuden? Zer ideia klase zen hura? Orduan, biak barrez hasi ziren. Eta adarra jotzen ari zirela ohartu nintzen.

–Non ostia zaude? –bota zidan Olak–. Ez duzu hitzik esan, burua galdu duzula dirudi... Ea zuen aita horrek lehenbailehen alde egiten duen zure eta gure bizitzatik!

Ondotxo asmatu zuen. Bete-betean. Hura zen momentu hartako nire desioa. Pena ez neukala eskura lanparatxorik, igurtziak egin eta Aladino bezalako azti bat atera ahal izateko. Eta eskerrak Ola eta Etxe ni baino askoz trebeagoak ziren festak antolatzen.

Etxean ama telefonoz berbetan harrapatu nuen. Ez zen ohartu iritsi nintzela, eta hitz batzuk entzun nizkion.

–Oso ondo, maitea. Bai... Nahi duzunean, zain naukazu.

Hura elkarrizketa pribatua zela ohartuta, berriz ere ama agurtzea erabaki nuen.

–Kaixo, ama!

Berehala eskegi zuen telefonoa. Izututa. Egin behar ez zuen zerbait egiten harrapatu izan banu bezala. Nerabe baten azalean sartuta egongo balitz bezala. Une batez, nire arreba Maria ikus nuen nire aurrean, eta momentu hartan konturatu nintzen arreba eta ama berdin-berdinak zirela.

–Hori sustoa eman didazuna!

Altxatu eta platerak atera zituen armairutik.

–Afaria prest dago.

Eta mahaian eseri bezain pronto, salatu zuen zerbait egin zuen amak. Telefono-deiaz berbetan hasi zen.

–Maria zen.

–Aha.

–Ea zer moduz zegoen jakin nahi nuen eta…

–Aha.

–Ba hori. Badakizu distantziak sentimenduak areagotu egiten dituela eta…

–Aha.

Kontua da amak sekula ez zigula arrebari eta bioi esan maite gintuenik. Txikitan, akaso. Baina oso-oso urruti izan behar zuen, ez bainintzen oroitzen. Horregatik, arraroa egin zitzaidan ama Mariari "maite zaitut" esaten entzutea, are eta gutxiago tonu horretan. "Maite zaitut" esateko oso modu ezberdinak baitaude. Ez da gauza bera bi urteko haur bati esatea, seme-alabei, gurasoei, lagunei, edo bikote zein maitale bati. Eta nik entzun nuen "maite zaitut" hura, amak telefonoz norbaiti esandakoa, ez zen amak alabari esan ohi dion tonuan esaten dena. Hark maitalea izan behar zuen. Bestela, ez zuen telefonoa eskegiko ni ikusi orduko. Bestela, ez zen aitzakia bila hasiko afaltzera eseri orduko. Bestela, seguruenik, amak telefonoan Maria zegoela esango zidan eta ea berarekin hitz egin nahi nuen galdetuko. Garbi zegoen: gure amak nobioa edo lagun-mina edo maitalea edo dena delakoa zuen. Poztu egin nintzen. Eta irribarrea atera zitzaidan. Amak ez zuen ahorik zabaldu afari guztian, baina bere begietan sekula ez bezalako dirdira sumatu nuen. Maitasunak soilik ematen duena. Eta nik aspalditxo nire begietan aurkitzen ez nuena.

11

Leon aztoratuta sartu zen klasean. Bufaka. Zerbait zeukan kontatzeko eta bistan zen ezin zuela atseden ordura arte zain egon. Sakelakoa atera zuen eta segundo gutxira iritsi zitzaidan mezua. "Lip dub mundiala moto kluberako dirua jasotzeko!". Lip dub? Zer arraio zen hura? Sekula entzun gabe neukan halakorik. Leonek atzamar lodia altxatu zuen eta ezpainetan irakurri nion "La ostia da!" esaldia. Neu ere irrikaz jarri ninduen eta berehala ohartu nintzen Olak eta Etxek aldi berean jaso zutela Leonek bidalitako mezu hura. Izan ere, bien sakelakoek batera egin zuten pi-pi ditxosozkoa. Olak, gainera, ez zeukan doinu sinplea, keba. Berak nahiago zuen atentzioa eman uneoro. Horregatik, mezuren bat iristen zitzaion bakoitzean, bere sakelakoak irrintzia botatzen zuen. Irakaslea berehala jabetu zen, nola ez.

–Zenbat bider esan behar dizuet mobilak itzaltzeko?

Guztiok burua makurtu genuen. Olarena izan zen entzun zena, baina klaseko guztiok, edo gehienok, piztuta geneukan.

–Jon Olabarria, zure gelakideekin konpartituko al duzu jaso berri duzun mezua?

–Arazorik gabe. "Lip dub mundiala moto kluberako dirua jasotzeko".

Inolako trabarik gabe irakurri zuen mezua. Egia esan, ez zen ezkutatzeko moduko ezer. Alderantziz, zenbat eta jende gehiagok eta azkarrago jakin, are eta hobeto zabalduko zen ahoz aho ekitaldi hura.

–Moto kluba? Beraz, Leon, zuk bidali duzu mezua, ezta?

Leon zen motoan lehiatzen ibiltzen zen bakarra. Ez zen oso argia izan behar mezu hura nork bidali zuen asmatzeko.

–Bai. Kontua da Erreka-Zulo moto taldea ezagutarazteko Lip dub bat egin nahi dugula, eta herri osoa dago gonbidatuta bertan parte hartzera.

–Guztiok al dakizue zer den Lip dub bat? –galdetu zuen irakasleak.

Askok ezetz erantzun genuen buruaz. Power point bat ikusten ari ginela aprobetxatuz, irakasleak sarean bilatu zuen Lip dub bat, eta hura ikusten pasa genituen klaseko azken minutuak. Hura saltsa! Dozenaka pertsona une berean abesti bat kantatzen eta koreografia bat dantzatzen. Garbi zegoen ekitaldi hartan parte hartze hutsa pozik egoteko modukoa zela eta dibertitzeko modu ezin hobea!

–Eta ba al dago datarik, Leon? –jakin nahi izan zuen irakasleak.

–Urteko egunik onena! Urriak 25. Nire urtebetetze-eguna!

Ola, Etxe eta hirurok elkarri begira jarri ginen. Gure festa bertan behera geratu zen.

Klaseak amaitzean lokalean elkartu ginen, Leoni ezer esan gabe.

–Gure festa eta Lip dub-a egun berean? Eta nor arraio joango da gure festara? –galdegin nuen.

–Biak uztartuko ditugu! –esan zuen Olak.

Etxek eta biok harrituta begiratu genion. Zer esan nahi zuen? Nola demonio uztartuko genituen hain ezberdinak ziren, edo ziruditen, bi gauza?

–Lip dub-a amaitu eta gero egingo dugu festa! Eta mundu guztia gonbidatuko dugu!

–Mundiala! Ideia bikaina izan duzu behingoagatik!

Etxek arrazoia zeukan. Olak ideia bikaina izan zuen. Jendea askoz motibatuagoa egongo zen. Festara askoz jende gehiago hurreratuko zen. Eta Leonek bere bizitzako gauzarik garrantzitsuenak uztartuko zituen bere urtebetetze-egunean: motorrak eta lagunak.

–Aizue, eta zergatik ez dugu hitz egiten moto klubekoekin? –komentatu nuen–. Agian interesa izan dezakete gure festaren antolakuntzan parte hartzeko eta xox batzuk ateratzeko eta...

–Baina horretarako bai beharko genukeela Udalaren baimena –bota zuen Etxek.

–Moto klubak eskatzen badu, ez da arazorik izango –esan nuen.

–Konturatzen al zarete dena bikain ari dela ateratzen? Guk nahi genuen festa antola dezakegu, baimenarekin eta ametsetan imajinatu baino askoz jende gehiagorekin!

Ola flipatuta zegoen. Normala.

–Ni prest moto klubekoekin hitz egiteko! –azaldu zuen Olak.

–Leonen aitarekin hitz eginda nahikoa izango da.

–Egia, Ros. Oso oker ez banago, bera da elkarteko presidentea.

Hura guztia errazegi ari zen ateratzen. Eta horrelakoetan beti izaten nuen sentsazioa zerk edo zerk eztanda egingo zuela gutxien espero genuenean. Baina, behingoagatik, baikor jokatu nuen eta atzamarrak gurutzatu nituen. Urriaren 25a bertan zegoen eta gure bizitzaren egutegian egun historiko bezala geratuko zen markatuta. Kosta ahala kosta.

Pozik nengoen. Aspaldiko partez planak egiteko gogoz ikusi nuen neure burua eta, egun hura behar bezala amaitu behar nuela erabakita, Elenari deitu nion. Berehala esan zidan lokalerantz zetorrela. Han ikusiko ginen. Eta halaxe izan zen. Ola eta Etxe bertatik bota nituen, literalki. Hura Elenaren eta bion tartea zen. Aspaldi ginen ganoraz hitz egin gabe eta, nahiz eta berbarako baino gogo gehiago nuen beste zenbait gauza egiteko, halere, zor nion azalpenen bat Elenari. Berak muxu batez agurtu ninduen. Ahoan. Zeinen jatorra zen!

–Sentitzen dut, Elena –hasi nintzen.

–Sentitu? Zer?

–Nire portaera. Badakit ez naizela oso fin ibili aspaldian, eta agian zugandik ihesi ere sumatu nauzu…

–A bai? Ez naiz, ba, ohartu! –dismulatu zuen, gezurretan.

–Aitarenak erabat jokoz kanpo utzi nau, eta sentsazioa neukan mundu guztia kontra nuela. Norbaitek konplot bat antolatu izan balu bezala nire kontra.

–Ze pelikuleroa zaren, Ros!

Arrazoia zeukan. Seguru nik soilik ematen niola garrantzi hori gertatzen ari zen guztiari. Seguru beste inor ez zela ohartu nire jarrera aldaketaz. Hain diskretua al nintzen? Hain gutxi nabaritzen al zitzaidan ez nengoela nire onean? Dedio! Horrek ere dezente izorratzen ninduen. Hain normala izateak, alegia.

Edo jendeak hain arreta gutxi jartzeak nigan. Inori inporta ez balitzaio bezala. Eta berriz ere asaldatu nintzen, haserretu, ernegatu eta amorratu. Eta Elena gaixoa hantxe, nirekin. Bakeak egiteko asmoz deitu nion eta hantxe nengoen, berriz ere gerran hasteko prest.

Baina oraingoan nire nerbioak kontrolatu nituen eta erlaxatzea lortu nuen. Arnasa sakon hartu nuen eta begietara begiratu nion Elenari.

–Zer ederra zaren.

Orduan bera barrez hasi zen. Eta hori ez zitzaidan batere gustatu.

–Zer gertatzen da? Zer esan dut? –galdegin nion.

–Kursilada bat, Ros! –erantzun zidan, barreari ezin eutsita.

–Ederra zarela esatea noiztik da kursilada bat?

–Erabili duzun tonuak egin dit grazia! Ikasitako dialogo bat zirudien.

Hantxe uzteko tentazioa izan nuen. Hurrena bere amari egiteko iseka. Nitaz ahazteko. Ez gehiago deitzeko. Ez zuela nire beharrik, ezta nik bererik ere. Bakarrik egon nahi nuela. Neska ilehori petralek aspertu egiten nindutela. Hori guztia esan nahi nion baina, halere, besoetan hartu eta musu bortitz bat eman nion, bere gorputza nirearen kontra ahalik eta gehien estutuz. Banatu ginenean bere begietan ez zegoen barre-algararik. Soilik dirdira.

12

Etxera bidean Elenarekin zerbait polita hasten ari zela pentsatu nuen. Merezi duten neska horietakoa zen eta bistan zen berak nigatik sentitzen zuena benetakoa zela. Pazientziaz jokatu zuen ordura arte nirekin. Nik era guztietako aitzakiak bilatzen nituen berarekin ez egoteko eta, halere, berak bereari eutsi zion. Tinko. Garbi zegoen gustuko ninduela eta nirekin istorio edo harreman edo dena delakoa hasi nahi zuela. Nola egon nintzen hain itsu ordura arte? Nire ametsetako emakumea parez pare neukan eta atzera-pausoak baino ez nituen ematen. Etxek behin esan zidan beldurrak paralizatu egiten gaituela maiz. Desio ditugun gauzak eskura izateak pentsarazten digu agian ez ditugula merezi, eta, segurtasun falta horrek bultzatuta, galdu egiten ditugu amestutako gauzak. Zeinen egia handia!

Zenbat gau pasa ote nituen Elenaren musuekin amets lizunak izaten, eta nireak zirenean, nire ezpainetan nahi beste musu jaso nitzakeenean, atzera egiten nuen. Baina, tira, amaitu ziren beldurrak. Utikan aitzakia merkeak. Elenak nirekin egon nahi zuen eta nik berarekin egon nahi nuen. Bai, bikote baten itxura hartzen ari zen gure artekoa. Ez genuen serio hitz egin horretaz, hori ere egia da. Beharbada bikote hitzari alergia pixka bat genion biok ere. Gazteak ginen. Harreman kontuetan ezjakinak. Oraindik ere aho asko dastatzeko gogoz ginen. Eta bikote izateak lotu egiten gintuen. Edo ez? Hori ere izan zitekeen. Bikote moderno horietako bat izan gintezkeen. Zergatik ez? Hain zaila al zen? Biok elkar maite genuen edo, gutxienez, bazegoen erakarpen hutsa baino zerbait gehiago. Baina, era berean, nik beste neska batzuei ere begiratzen nien, eta ziur nengoen Elenak ere bazituela desioak beste mutil batzuengana zuzenduak. Erotzat hartuko al ninduen bikote irekia izan nahi nuela esanez gero? Akaso, aukera bat irekiko nion parez pare. Arbuiatu ezingo zuen aukera. Elkarrekin, baina bata bestearena izan gabe. Jabetzarik gabe. Hori da! Irribarrez sartu nintzen etxean eta, neure baitako pentsamenduetan hain nengoen atrapatua, ia-ia ez nintzen jabetu begien aurrean nuenaz.

–Ama! Aita!

Ama eta aita. Biak zeuden gure etxeko sukaldean. Ezustean harrapatu nituen elkarrekin. Aitaren eskuak amaren masailetan pausatuak. Amaren eskuak aitaren gerrian korapilatuta. Bien ezpainak elkarri itsatsita.

Une horretan dena goitik behera erori zitzaidan. Zer zen hura? Nola zitekeen urte luzez aitarekiko gorrotoa sentiarazi zigun emakume hura, nire ama, aitaren besoetan aurkitzea? Zer esan behar nuen? Zein zen nire papera? Errieta egitea? Minduta etxetik alde egitea? Aita ostikoka bidaltzea? Edo, besterik gabe, ezer ikusi izan ez banu bezala, nire gelara joan eta nire munduan babestea? Hori egin nuen. Azkena. Eta urrutian, musu ezti baten soinuaren ostean, atea ixten sumatu nuen. Jarraian, ama gelan agertu zen.

–Ezekiel, hitz egin behar dugu.

–Ez dago ezer esateko, ama. Helduak zarete.

–Halere, azalpenak eman nahi dizkizut.

–Gloriak ba al du zuen artekoaren berri? –galdetu nion.

–Ez.

–Eta orain zer esan behar didazu? Ez zela ematen zuena?

–Musuka harrapatu gaituzu, bai. Baina zure aita eta biok ez gara bueltatuko.

–Jolasean ari zarete, beraz.

–Ez da hori. Nirekin hitz egin nahi zuen, etxera etorri da, aspaldiko urteez akordatu gara, elkarrekin pasatako une ederrez, eta... gauza batek bestea ekarri du.

–Eta guri kontatu dizkiguzun une txarrak? Egin zizkizun faena guztiak? Guri urte luzez kontatu dizkiguzun barrabaskeriak? Non dira horiek denak? Ahaztu egin dituzu? Edo asmatu egin zenituen beste emakume batengatik abandonatu zintuelako?

Amak alde egin zuen. Ni negarrez hasi nintzen. Amarekin desilusionatua nengoen, eta horrek min handia egiten zidan. Azken batean, aitarengandik ez nuen ezertxo ere espero, baina ama ikaragarri miresten nuen eta, bat-batean, nire eredua birrindu egin zen. Airean eraikitako gaztelua balitz bezala. Banekien printze eta printzesak ez zirela existitzen, baina AMA hitza letra larritan idatzia neukan buruan eta bihotzean, eta orain... ze putamierda zen bizitza. Eta ze putamierda zen haztea.

Ez nekien norekin hitz egin baina barrua hustu behar nuen. Mariari deitu ahal nion. Berak ere eskubidea zuen ikusi nuena jakiteko. Baina akaso bera poztu egingo zen. Bai, seguru nire arreba poztu egingo zela ama eta aita elkarrekin itzuliko zirela pentsatuta. Ez, bera ez zen pertsonarik egokiena nire korapiloa askatzeko. Agian Elena... Nire bikotea edo erdi-bikotea bazen, agian ondo legoke estreinako sekretu edo dena delako hura berari kontatzea. Elenak bazekien entzuten, eta ziur nintzen hitz egokiak esango zizkidala. Nik entzun nahi eta behar nituen hitzak. Telefonoa atera eta bere izena bilatu nuen kontaktuen zerrendan. Oraindik ez nekien buruz zenbakia, seinale txarra zen hura. Itzalita zuen telefonoa, edo bateriarik gabe akaso. Kaka! Ordenagailua piztu nuen, pantailaren beste aldean norbaitek salbatuko ninduelakoan. Tuenti-n sartu eta hantxe zen, txatean, Etxe. Bingo!

–Aupa!

–Ros!!!!!!

–Bua txabal, hau kakazaharra!

–Zer da?

–Flipatu egingo duzu...

–Elenari buruz?

–Ez, ez. Bueno, elkarrekin egon gara eta badirudi gauzak ongi antzean doazela.

–Pozten naiz. Neska jatorra dirudi.

–Baina beste kontu bat daukat orain buruan...

–...

–Ama harrapatu dut musuka...

–Musuka? Bueno, eta zer du horrek txarra?

–Ezetz asmatu norekin ari zen musuka?

–Bota!

–Aitarekin!

–Zure aitarekin?

–Nire aitarekin, bai.

–Arraioa!

–Kakazaharra. Horixe.

–Bueno, ez dakit… ez dut uste hain albiste txarra denik…

–Ez dira itzuliko, Etxe.

–A, ez?

–Eta Gloriak ez daki ezer.

–Nor da Gloria?

–Nire aitaren emaztea.

–A, ya.

–Adarrak jarri zizkion nire amari Gloriarekin, eta orain Gloriari gauza bera egin dio nire amarekin.

–Tira, adarrak adarrak…

–Ez ala?

–Musu bat bakarrik izan bada…

–Eta musu bat ez al da adarrak jartzea?

–Niretzat ez.

–Ze modernoa zaren!

–Gauzak naturaltasun gehiagorekin hartu behar dira, Ros.

–Ez dakit ba…

–Izan daiteke aspaldiko partez elkartu izana eta lehenaldia gogoratzea eta…

–Horixe esan dit amak, bai.

–Ikusten?

–Aizu… orduan zuk eta Jokinek?

–Zer?

–Harreman irekia al duzue?

–Gutxi gorabehera…

–Aber, aber…

–Ba hori. Teorian bai. Baina bakoitzak egiten dituenak ez dizkiogu elkarri esaten.

–Ya. Eta zuk… egin al duzu inoiz ezer?

–Ez.

–Eta berak?

–Ez dakit. Esan dizut ez diogula halakorik kontatzen batak besteari.

Une batez pentsatu nuen hura momentu egokia izan zitekeela Etxeri esateko sentsazioa nuela bere nobioari Leon gustatzen zitzaiola. Baina gero erabaki nuen ezetz. Hobe nuela ezertan ez sartu. Gainera, harreman irekia bazuten, hura beraien kontua zen.

–Ba, justu etxera bidean, pentsatzen etorri naiz ondo legokeela Elenari harreman irekia proposatzea.

–Kontraesanez betea zaude, Ros!

–Ya, fijo!

–Ez da erraza, ez pentsa. Teorian oso polita da, baina gero…

–Ez dakit, ez dakit…

–Aizu, bihar lotzen joan beharko dugu Lip dub-aren asuntua!

–Bai, bai! Data gainean dago!

–Kristoren ideia izan da!

–Fijo!

Nire telefonoa deika hasi zen. Elena zen.

–Elena ari zait deika.

–Bale bale… Yosssssssssss.

–Yossssssssssss.

Egia esan, ez neukan Elenarekin berba egiteko gogorik. Etxerekin hustu nituen barruak eta orain dena berriz errepikatzeak nagia sortzen zidan. Beraz, ez nuen telefonoa hartu. Baina Elenak bigarren aldiz deitu zidan eta ni telefonoari begira egon nintzen. Telefono-hotsa entzuten. Elenaren aurpegia beste aldean imajinatzen, ea zergatik deitu ote nion pentsatzen, ea zergatik ez nuen erantzuten, ea zergatik nintzen hain aldakorra. Aldakorra zen nire izaera definitzen zuen hitzik aproposena. Ni normalki nahiko pertsona orekatua izaten nintzen baina azkenaldian… iraultza bat sortu zen nire bizitzan eta baita nire izateko moduan ere. Zoritxarrez. Madarikatua aitari bueltatzea bururatu zitzaion eguna. Madarikatua aita eta ama musuka harrapatu nituen eguna. Eta madarikatua ni, hori guztia normaltasun gehiagorekin bizitzeko gai ez nintzelako. Umeegia nintzen, antza, aldaketa horiek jasateko. Horixe du 15 urte izateak. Ez zarela ez haur, ez heldu. Erdian zaude. Sokaren erdian. Amildegiaren goiko aldean. Puzzle baten lehen pieza zara, loturarik gabe galduta sentitzen dena.

Une horretan sms bat iritsi zitzaidan: "DeiK i2li nz. Zrbyt ny al dzu? Leen oso gustura eon nz zukin. Mx. ELN". Irribarrea atera zitzaidan eta horrek ezustean harrapatu ninduen. Mx irakurtzeak, esan nahi dut. Muxu birtuala jasotzeak eragin zidan irribarrea. Eta hori zerbaiten seinalea zen, ezta? Esan nahi dut poztu egin ninduela Elenaren musu hark. Bazen zerbait. Asko zen. Elena maitagarria zen. Eta polita. Eta nitaz enamoratuta zegoen. Enamoratzen hasita, behintzat. Irribarre egin nuen. Bazirudien zerbait orekatzen hasi zela nire bizitzan. Orain niri zegokidan aurrera egin eta jasotzen ari nintzena bueltatzea. Mezu bat bidali nion Tuenti bidez. Abesti bat. Latzenen *Laztana*. Bidali nion momentuan damutu nintzen, halere. Ez ote zen azkarregi abesti batekin mozorrotutako aitorpen hura egiteko? "Burua galtzen hasi naiz, inor ez bezala maite zaitudalako…". Uf uf uf…

13

Eskolan Naroa ikusi nuen eta bat-batean ehunka gauza etorri zitzaizkidan burura: aita eta amaren arteko musua, Elena eta bion arteko harremana, eta Naroak besarkatu ninduenean sentitu nuen elektrizitatea.

–Aupa, Ezekiel.

–Kaixo, Naroa.

–Zelan doa zuen festa?

–Nola jakin duzu?

–Bolo-bolo dabil. Espero Leonek ez entzutea, ze...

–Olak ez daki isilik egoten!

–Bueno, alde batetik normala da... jendeak jakin egin behar du Lip dub-a eta gero festa egongo dela.

–Bai, egia.

–Zelan zuen ama?

Ups! Zertara zetorren galdera hura? Naroak eta biok ez genuen apenas amari buruz hitz egin. Ez zuen, bada, susmorik izango? Aitak ez zion, bada, ezer kontatuko Gloriari?

–Ama? Ondo, ondo… Zergatik?

–Ez, besterik gabe. Zerbait galdetzearren...

–Klaro, klaro. Eta zure ama?

–Bueno, hala-moduz.

–Bai?

–Ez dago gustura hemen. Herrian.

–Ya, normala.

–Tira, gustatzen ez zaiona zure ama eta aita hain gertu egotea da.

–Ya, normala.

–Nik esaten diot ez duela zertan kezkatu, baina…

–Baina…

–Baina berak dio aita arraro dabilela aspaldion, eta uste du agian berriz hasi dela sentitzen zure amarekiko zerbait.

–Bai zera! –oihu handia atera zitzaidan. Gehegizkoa. Nire hitz haiekin inportantzia kendu nahi izan nion guztiari, ezer pasako ez balitz bezala, baina tonua hain exageratua izan zen, ia-ia pistak eman nizkion Naroari.

–Bueno, ez da hain arraroa ere hori pentsatzea –errepikatu zuen berak.

–Bai zera! Aita eta ama berriz elkarrekin? Zuek jota zaudete! Tira, joan beharra daukat, Naroa. Hitz egingo dugu, ados?

Hantxe utzi nuen. Kalabazak jaso dituen neskaren aurpegia zuen. Gaixoa. Pena eman zidan. Zer esan behar nion? Baietz? Musuka harrapatu nituela bart? Lur jota utziko nuke. Horregatik egin nuen ihes. Koldar batek bezala. Bai, onartzen dut. Baina zeinen gustura sentitzen zaren batzuetan ihes egiten duzunean, inolako azalpenik eman behar ez duzunean. Atzera begiratu nuen une batez, eta Naroak hantxe segitzen zuen. Utzi nuen leku berean. Eskua altxatu eta agur egin nion, eta, ez dakit zergatik, musu bat bota nion airean. Berak irribarre egin zuen une hartan. Eta nire masailak gorritu egin ziren.

Gelan sartu nintzen unean hurreratu zitzaidan Etxe.

–Ondo al zaude? –galdetu zidan.

–Bai, bai. Lasaiago.

–Edozertarako, badakizu –begi-keinua egin eta bere mahaian eseri zen.

Zer jatorra zen Etxe. Egia zen berari edozer kontatu ahal niola. Konfiantza osoarekin. Bazekien entzuten eta beti izaten zuen ahoan hitzik aproposena. Batzuetan bere iritzia ematen zorrotzegia zen baina beti izaten zuen arrazoia, edo gehienetan. Jokinekin hasteak on egin zion, dudarik gabe. Bere buruaz askoz ziurrago zegoen, harroago ere bai, esango nuke. Urtetan izan zen kuadrillako isilena, eta arraroena. Eta orain, ia-ia nire lagunik handiena zen. Berari, ez beste inori, kontatzen nizkion neure sekretu guztiak. Banekielako ez zuela inolako epairik egingo eta, batez ere, banekielako ez ziola inori ezertxo ere kontatuko. Gauza handia zen hori, sekretuak gordetzen jakitea. Eta nire aitaren eta amaren arteko musu hura sekula gorde behar izan nuen sekreturik handiena zen.

–Tumatxa!

Ola oihuka gerturatu zen. Beti bezala. Etxeren guztiz kontrako tipoa zen. Jatorra, bai. Mutil ona, bai. Baina ahoberoa. Sekretu batek erre egiten zion mingaina eta beste norbaiti kontatu arte ez zuen bakerik hartzen. Nola kontatuko nion Olari aitarena? Nola esan Elena eta biok erdi-nobioak ginela? Maliziarik gabeko pertsona zen eta bere akatsik handiena horixe zuen, ez zekiela isilik egoten. Denak kontatzen zituen: bereak, besteenak eta baita kalean entzundako zurrumurruak ere. Ondorioz, inor ez zen Olaz fio. Ez mutilak, ez eta neskak ere. Eta hortxe zegoen, guztiz akonplejatuta oraindik neska bati musu eman ez ziolako. Konplexu bitxia zen, halere, haizerik haize zabaltzen zuen-eta. Esan nahi dut, eskola guztiak zekiela Ola oraindik ere “birjina” zela. Bere ezpainak ez zituela inoiz busti; ez behintzat neska baten ezpainen kontra. Horrek meritu handia zuen: 15 urte, musurik ez eta, mundu guztiak jakin arren, bere egoeraz txantxa egiteak. Norbere buruaz barre egiten jakin behar dela zioen. Eta egia da, egia handia. Baina ez da erraza, eta berak lortzen zuen. Halere, horrek ez zuen kentzen Olaren benetako ilusioa neska baten ezpainak musukatzea izatea. Neska hori edozein izanik ere. Eta, batez ere, horrek ez zuen kentzen Ola tarteka burumakur egotea. Triste. Inor erakartzen ez zuelako kezkatuta. *Zer dut, bada?* Esaten zuen. *Hain itsusia ere ez naiz.* Egia, ez zen itsusia. *Mutil jatorra naiz.* Egia, mutil onik bazen huraxe Ola zen. *Badut berbetako gaia.* Inork baino gai gehiagoz hitz egin zezakeen Olak. *Eta garbia naiz.* Egunero dutxatzen zen, bai. Baina... Baina batek daki zein arrazoigatik, neskak uxatu egiten zituen. Eta nik uste bere berbetarako joeragatik zela. Hainbeste hitz egiten zuen, jendea izutu egiten zuen. Hainbesteko berba jarioa zuen, jendeari nekagarria egiten zitzaion. Eta jendea beldur zen Olak edozein momentutan edozer esango ote zion. Hori ere bazuelako. Di-da botatzen zituen denak, esan beharrekoak eta baita besteak ere. Olari entzun izan nion neska bati esaten itsusiagoa zegoela ilea moztu zuenetik. Eta entzun izan nion mutil bati aurpegiratzen bere motorragatik ez balitz neskek ez ziotela begiratu ere egingo. Horixe esan zion behin Leoni. Leon asko haserretu zen, nahiz eta Olak esan ziona gezurra izan. Leon mutil guapoa zen, eta punto. Motorra ere bazuen, bai, baina motorrik gabe orain beste ligatuko zuen bere melena kizkur horrekin.

–Lixto!

–Lixto zer?

–Hitz egin dut Leonen aitarekin eta proposatu diot gure festarena.

–Eta zer esan dizu?

–Ideia bikaina iruditu zaio.

–Benetan?

–Nola esango du ba kontrakorik? Semearen urtebetetze-eguna eta euren elkarterako dirua lortzeko modu paregabea. Biak lotzeko aukera da!

–Bai, egia.

–Gainera, esan dit bera arduratuko dela txosna muntatzeko baimena eskatzeaz udalean.

–Bai? Benetan?

–Haluzinantea, ezta?

–Bua txabal!

–Hori bai, musika aukeratzea gure esku utzi du. Beraiek nahikoa lan dutela herriko antzerki eta dantza elkarteekin Lip dub-erako koreografia edo dena delakoa antolatzen.

–Kristoren eguna izango da, e?

–Fijo!

–Leonek sekula ahaztuko ez duen urtebetetze-festa.

–Eta neuk ere, espero, ez ahaztea inoiz.

–Eta hori?

–Zuk ba al dakizu zenbat neska ibiliko den gure inguruan?

–Ez zara aldatzen, e? Kar kar kar…

–Eta ba al dakizu zer den tarima-efektua?

–Zer ostia da hori?

–Barra baten atzean dagoen edonork aukera bikoitza du ligatzeko!

–Nondik atera duzu teoria hori?

–Hori horrela da! Non jaioa zara, Ros?

–Zu jota zaude!

–Ezez ba! Hara, edozein tabernarik esango dizu hori. Zatarren artean zatarrenak ere askoz aukera gehiago ditu ligatzeko barra atzean aurrean baino.

–Zuk hala badiozu…

–Nik ez, teoriak dio hori. Eta baita froga enpirikoek ere!

–Froga enpirikoek? Ola…

–Urriaren 25a gorriz margotuta geratuko da nire biografian. Ikusiko duzu!

–Aizu eta… ba al duzu… badakizu…?

–Neskaren bat buruan?

–Hori, bai.

–Bat ez! Mila!

–Edonork balio dizu, ala?

Isilik geratu zen pare bat segundoz.

–Edonork... bai! Kar-kar-kar.

Matematiketan ezin izan nintzen kontzentratu. Musuak nituen korapilatuta: nire gurasoena; nire eta Elenaren artekoa; Naroari airean bota nion musua. Gustura azalduko nizkioke Elenari nire korapiloak. Batez ere askatasunari buruzkoak. Baina nola ulertarazi edonori musu emateko aske izan nahi nuela, nahiz eta berarekin lotuta egon? Ez al dira bateraezinak lotura eta askatasuna? Nire burua bitan banatuta zegoen. Naroa eta Elena. Biek erakartzen ninduten. Elenarekiko zerbait gehiago sentitzen nuen, bai, baina biak zeuden nire buruan eta gorputzean sartuta. Bakoitzak bere lekua betetzen zuen eta biak zitzaizkidan beharrezkoak hutsunerik ez sentitzeko.

14

“Erreka-zulo moto taldearen aldeko Lip dub herrikoia eta ondoren dj-festa”.

–Dj-festa? Nondik atera duzue hori? –galdetu nuen.

Lokalean geunden hirurok: Etxe, Ola eta hirurok. Olak prestaturiko kartela mahai gainean zegoen.

–Nire lehengusu bat dj hasi da eta prest dago debalde aritzeko –esan zuen Etxek

Etxe sorpresa-kaxa bat zen. Dj lehengusu bat zuen. Flipantea.

–Debalde? –jakin nahi izan nuen.

–Bai. Orain arte musika-talde batean aritu izan da, *Austrolopitekus*. Baina geldi egon ezin diren horietakoa da eta bide berri horri ere heldu dio orain. Eta hasten dagoenez… Bere burua ezagutarazi nahi du eta doan arituko da gure festan.

–Mundiala!

Sekula herrian antolatu zen festarik ederrena izango zen geurea. Tira, Erreka-zulo taldearena eta geurea. Meritua biona zen.

–Nola deitzen da zure lehengusua? –galdegin nion.

–Jazz bezala ezagutzen du mundu guztiak.

–Jazz… Guay.

–Bai, ezta? Tumatxa!

Olak ezin zuen disimulatu emozioa. Hura bere bizitzako egunik garrantzitsuena balitz bezala. Eta alde batetik hala zen. Data hori izango zen bere M-eguna, Muxuaren eguna.

–Joe, fijo Leon emozionatu egingo dela –esan nuen.

–Ya – Etxek.

Hirurak isilik geratu ginen. Inbidiatan ere bai. Nori ez litzaioke gustatuko bere omenez horrelako festa bat izatea? Lagun-talde ederra osatzen genuen. Festa Leonen omenez zen baina guztiok pasatuko genuen bikain elkarrekin. Herri guztiarekin. Institutuan ere hasia zen festaren albistea barra-barra zabaltzen, eta mundu guztiak ilusio berarekin hitz egiten zuen.

Motor hotsak esnatu gintuen gure ametsetatik. Leon sartu zen lokalean.

–Eta hori?

Zuzenean joan zen kartela begiratzera.

–Mundial geratu da, e? –nik.

–Mundiala eguna izango da! –azpimarratu zuen Olak.

–Fijo! Eta gainera nire urtebetetze-eguna da!

–A bai? –disimuluan Olak.

–Zer ostia! Ez al zineten akordatzen? –harrituta Leonek.

–Nola ez ba! Zuretzat antolatu dute Lip dub-a, txoroa!

Hori bai estrategia ona! Etxek zuzenean esan zion aurpegira Leoni egun hori propio beragatik antolatua zela. Hain esan zion argi, ezinezkoa zen benetan sinestea. Eta Leonek barre egin zuen. Baita beste hirurok ere. Nahaste harekin izugarri ari ginen disfrutatzen. Bedeinkatua ditxosozko urriaren 25a!

–Esan al dizuet Lip dub horretan atera behar dudala? –komentatu zigun Leonek.

–Zuk eta herri guztiak! –argitu zion Olak.

–Ya, bai, baina ni protagonistetariko bat izango naiz –azpimarratu zuen.

–A bai? –xaxatu zuen Etxek.

–Bueno, ni eta nire motorra –jarraitu zuen Leonek–. Abestiak irauten duen denboran, tarteka, neu aterako naiz motorrarekin. Argi gera dadila Lip dub-a moto taldeari laguntzeko dela!

–Baina motorraren zaratak ez al du abestiaren kalitatea gutxituko? –ohartu zen Etxe.

–Hori gero konponduko omen dute, bideoa muntatzerakoan.

Leonek emandako azalpenarekin guztiok geratu ginen gustura. Egia zen guztiak oso itxura ona zuela. Egun hura geroz eta gertuago zegoen eta bakoitza hasia zen bere buruan era guztietako ariketak egiten. Ola eta bere lehenengo musua. Ni eta Elena eta Naroa. Leon eta bere protagonismo-egarria. Baina Etxe? Ezin nuen imajinatu zein zen Etxek egun horretarako zuen plana. Bere bizitza hain zen egonkorra! Alde batetik inbidia ematen zidan, inbidia sanoa. Esan nahi dut, 15 urterekin bizitzan zer nahi duzun jakitea eta daukazuna baloratzea gauza handia dela. Bestetik, 15 urterekin bizitza orekatua izatea azkarregi bizitzea da. Gaztea izanik zaharrak bezala bizitzea. Ups! Gehiegitxo? Ez, hori zen pentsatzen nuena. Eta hori zen niretzat nahi ez nuena. Gure adinean bizitzea tokatzen da, ibiltzea, saltseatzea, probatzea, okertzea, damutzea, erortzea, altxatzea, galdetzea, eskatzea, ematea, amestea…

–Kaixo, Elena!

–Aupa, kuadrilla!

Elena sartu zenik ere ia ez nintzen ohartu. Ez zitzaidan gustatu horrela sartzea. Abisatu gabe. Eta hala jakinarazi nion, beste guztien aurrean.

–Hurrengoan deitu etorri aurretik, bale?

–Jesus, mutil. Ilusioa egingo zizula pentsatu dut eta…

–Ba ez zaizkit sorpresak gustatzen. Orain badakizu.

–Badakit, bai.

–Ba hori.

–Baina uste dut zure erreakzioa lekuz kanpo dagoela.

–Akaso zu zara lekuz kanpo dagoena.

Nola demontre esan nizkion hitz horiek? Erotuta al nengoen? Elena lokaletik atera zen, negarrez.

–Zer arraiotan ari zara? –galdetu zidan Leonek.

–Hau gure lokala da. Neskek gure baimena behar dute hemen sartzeko.

–Zu jota zaude!

–Zer? Oraindik ere Elena gustatzen al zaizu? Ba zoaz bere atzetik!

Esan eta egin. Leon lokaletik joan zen, Elenaren bila seguruenik. Min egin zidan biak elkarrekin imajinatzeak. Leon bere mahukarekin Elenaren malkoak lehortzen irudikatzeak. Min egin zidan Elena negarrez jarri izanak. Madarikatua ni eta madarikatuak nire erreakzioak. Ni ez nintzen horrelakoa. Azken egunetan okerrera aldatu zen nire izaera. Estatu-kolpea jasan ostean, nire gorputza eta burua militarren agindupean baleude bezala. Militarra bihurtu zen nire jokatzeko era, eta nire erara egin behar ziren gauzak beti. Ros izatetik Ezekiel izatera pasatzeko ordain-saria garestiegia ari zitzaidan ateratzen.

Etxe eta Ola isilik zeuden. Mutu. Eta uste dut hura okerragoa zela Leonen erreakzioa baino.

–Eta zuek? Ez al duzue ezer esan behar? –aurpegiratu nien.

Baina biek jarraitu zuten hitzik esan gabe. Eta nik, biekin haserre, alde egin nuen. Nik, neure buruarekin haserre, lokaleko atea danbateko batez itxi nuen.

15

Elena eta Leon lokalaren kanpoan zeuden. Elena horman apoiatuta. Leon berari begira. Elenak kleenex bat zuen eskuan. Leonek beste eskuaz lehortzen zizkion malkoak. Kalanbrea sentitu nuen gorputzean. Zeloak. Ustez ez nintzen batere jeloskorra baina Elena eta Leon egoera hartan ikusteak erakutsi zidan baietz. Eta ez nekien zer egin. Beraiengana joan eta Elenari barkamena eskatu? Leonengana joan eta muturreko bat eman? Edo bien ondotik pasa eta batere inportako ez balitzait bezala paso egin?

–Barkatu –esan nion Elenari azkenean–. Pasatu egin naiz. Ez nizun hori esan nahi.

–Baina esan egin duzu –bota zidan.

–Sentitzen dut, benetan. Ez dakizu zeinen gaizki sentitzen naizen zu horrela ikusita.

–Horrela nola? Negarrez? Eta malkotan egongo ez banintz? Orduan ere damututa egongo al zinateke esandakoaz?

–Badakizu baietz.

–Ez, ez dakit. Hori da txarrena, Ros. Arraro zaude. Badakit aitaren asuntua ez daramazula batere ondo baina, jode, gure artekoak ez badizu ilusiorik egiten orain, hasi berritan...

–Esto... ni banoa –esan zuen Leonek.

–Ez. Zu ez zoaz. Gera zaitez hemen, mesedez –Elenak eskua hartu zion Leoni.

–Tira, bistan da sobran dagoena ni naizela, ezta? –ausartu nintzen galdetzen.

–Badirudi –konfirmatu zidan Elenak.

–Halere, barkatu, sentitzen dut.

Elenak ez zuen ezertxo ere esan eta alde egiten utzi zidan. Lelo bat bezala sentitu nintzen. Labezomorro bat bezala. Tontoa. Ergela. Une hartan neukan gauzarik ederrena ez nuen jakin zaintzen eta baloratzen. Atzerantz begiratu eta han ikusi nituen Leon eta Elena, bata besteari begira. Nik sekula Elenari begiratu ez nion bezala begiratzen zion Leonek. Eta Elenaren ezpainek nik sekula ikusi ez nuen irribarrea marraztu zuten. Musurik eman gabe musuka ari ziren. Ezpainak ukitu gabe bata bestearen ezpainak jaten ari ziren. Hura maitasuna egitea zen. Biluztu gabe. Ez nintzen haserretu Leonekin. Nik baino askoz gehiago merezi zuen berak Elena. Eta, batez ere, Elenak Leon bezalako mutil bat behar zuen alboan. Eta ez ni bezalako ezkor bat, zer nahi duen ez dakiena eta daukana uxatzen beste ezertan asmatzen ez duena. Aita, arreba, ama eta orain Elena.

Mariaz akordatu nintzen. Aspalditxotik ez nuen arrebaren berririk. Zertan ote zebilen? Aitaren eta amaren artekoa ba ote zekien? Naroarekin hitz egin eta gero pentsatu nuen agian Mariak ere sumatu zuela zerbait arraroa. Desberdina. Eta, nire bizitzan estreinako aldiz, arreba ikusteko beharra sentitu nuen. Harekin elkartu eta berba egiteko gogoa. Azken finean, odol bera genuen, eta hori, nahi eta nahi ez, betirako zen. Lotura berezia sortzen zuen anai-arrebak izateak. Askotan haserretu arren, gehienetan gure arteko elkarrizketak liskarrean amaitu arren, halere, arreba nuen eta maite nuen. Deitu egin nion.

–Ros? Bai arraroa zu niri deika!

–Ni ere pozten naiz zure ahotsa entzuteaz… –esan nion, ironiaz.

–Zerbait gertatu al da?

–Ez, zergatik?

–Ez dakit, horrela besterik gabe telefonoz deitzea… –jarraitu zuen, harrituta.

–Ba ez da ezer gertatu!

–Aizu oihuka hasi behar baduzu…

–Barkatu –moztu nion.

–Zer duzu, anaiatxo? Neskaren batekin arazoak?

–Neskekin, pluralean.

–Bai ala? Benetan? Inork ez al dizu kasurik egiten? Kar-kar-kar.

–Hara bestea!

–Ez moskeatu, Ros…

–Ya, kariñoarekin esaten didazu, ezta?

–Nik beti hitz egiten dizut kariñoarekin, anaiatxo.

–Ya, bai.

–Tira, kontatuko al didazu?

Ez nekien zer esan. Zer kontatu behar nion? Elena Leonekin liatu zela ni babo bat nintzelako? Naroa desiratzen nuela baina ez nekiela nola esan?

–Ama eta aita musuka harrapatu ditut –bota nion.

–Txantxa bat da, ezta? –Mariak ezin zuen sinistu.

–Egia da.

–Benetan? Noiz? Non? Nola?

–Duela bi egun, gure etxean. Eta nola… ez nintzen gehiegi fijatu, ulertuko duzunez…

–Ostia, ostia, ostia… –poza igarri nuen bere hitzetan.

–Amorratuta nago, Maria.

–Zergatik? Aizu, horrelako gauzak sarri gertatzen dira. Agian batak bestea maite duela ohartu dira –defendatu zituen.

–Orain? Eta amak esan dizkigunak aitari buruz?

–Ama abandonatu egin zuen eta ulertzekoa da bere amorrua.

–Eta gu engainatu izana?

–Zer esan nahi duzu?

–Amak beti esan izan digu aita putaseme bat zela. Etxean ez geneukan argazki bat bera ere!

Isilik geratu zen. Bazekien arrazoia nuela eta hitzik gabe utzi nuen.

–Halere, nik guztia barkatzen diet biei –esan zuen, bat-batean.

–Nik ezin dut.

–Orain zoriontsu badira…

–Musu bat besterik ez zela izan esan zidaten. Ez duela ezer esan nahi. Hau da, ez daudela elkarrekin.

–Zeinek esan zizun hori?

–Amak.

–Aitarekin hitz egingo dut.

–Zer? Maria, faborez, ez zaitez sartu…

–Hau argitu beharra daukat. Aitarekin hitz egingo dut. Gaur bertan.

Eta telefonoa itzali zuen. Agurtu ere egin gabe. Nire teilatuan zegoen zama berera pasatu nuen eta, Mariak nik baino askoz arranke gehiago zuenez, berak hartuko zuen nik ez neukan adorea aitari galderak egiteko. Beldur pixka bat ere eman zidan, ez pentsa. Mariak bulkadaz jokatzen zuen eta, maiz, oso ondo pentsatu gabe egin eta esaten zituen gauzak. Gero damutu egiten zen baina egindakoa hortxe geratzen zen. Bihotz ona zeukan eta, gauzak oker zeudenean, nahiago izaten zuen dena argitzea. Hori ona zen, berez. Hitz egiteko ez zeukan batere arazorik. Ez genuen batere antzik horretan. Nik dena gordetzen nuen barruan eta beteta nengoenean oka egiten nuen, dena batera ateratzen zitzaidan eta jendea deskolokatuta uzten nuen. Mariak ez, Mariak sentitzen zuen unean esaten zuen dena. Hori zuen ona berak, nahiz eta gauza guztiak esateak bazituen bere arriskuak ere. Zer esango zion aitari? Ondo egin al nuen Mariari deitzen? Nire asmoa Elenarena kontatzea zen baina, azkenean, aitaren eta amaren sekretua atera zitzaidan. Kaka zaharra!

–Ros! Ros!

Etxe eta Ola ziren.

–Zer ostia pasa da? –jakin nahi izan zuen Olak.

–Elena eta Leon ikusi ditugu…

–Musuka. Badakit.

–Ez, musuka ez baina… –jarraitu zuen Olak.

–Hanka sartu dut. Errua nirea da, balio duten gauzak zaintzen ez jakiteagatik –aitortu nuen.

–Halere, Elena hain enamoratuta bazegoen zutaz… –Ola Elenarekin sartzen hasi zen.

–Elenak ondo egin du ni bere bizitzatik ateratzen –defendatu nuen.

–Baina Olak arrazoi du, Ros. Nik ere uste dut Elena Leon erabiltzen ari dela.

Akaso arrazoia zuten. Egia zen ez zela oso normala pertsona batekin maiteminduta egon eta, bi minutura, beste bati kariñoa hartzea.

–Baliteke Elena sekula nitaz enamoratuta ez egotea –esan nien.

Biak geratu ziren isilik. Bazekiten hori ere izan zitekeela. Alegia, ni Elenaren kapritxo hutsa izatea ordura arte. Eta horrek min handia egin zidan. Elena eta Leon elkarrekin imajinatzeak baino askoz min handiagoa. Ni Elenarentzat ezer izan ez nintzela pentsatze hutsa bihotzean arantzak sartzea bezalakoa zen. Minez nengoen eta bakarrik egoteko gogoa nuen.

–Zer ordu da? –galdetu nuen.

–Zortziak jotzeko –Olak.

–Etxera noa.

–Eta Leonen festako antolakuntza? –bota zidan Olak.

–Ni ez naiz festa horretara joango. Ez dut ezertxo ere pintatzen.

Alde egin nuen. Une hartan ez nuen batere gogorik festara joateko. Banekien Leonek ez zuela ezeren errurik. Lagun ona izan zen beti eta merezi zuen bai festa eta bai Elena bezalako neska-lagun bat ere. Baina nik ez neukan batere gogorik inolako festatarako. Ez neukan gogorik ezertarako. Soilik nire ohean sartu, maindireekin burua estali eta zortzi hilabete barru esnatzeko. San Juan suen bezperan.

16

Ez dakit zerk bultzatuta baina, etxerako bidea utzita, aitaren etxerantz abiatu nintzen. Maria ez nuen bakarrik utzi nahi. Neu ere bertan egongo nintzen aitari zertan ari zen galdetzeko orduan. Naroak ireki zuen atea eta irribarrea atera zitzaion ikusi ninduenean.

–Ezekiel... –lotsati.

–Kaixo, Naroa. Maria etxean al dago?

–Bai.

–Eta aita?

–Bai.

Zutik geratu nintzen, Naroak sartzeko noiz esango zidan zain.

–Sartu, sartu...

Bigarren aldia nuen hura. Esan nahi dut, aurretik ere egon nintzela behin aitarenean, Mariarekin. Baina orduan itsu joan nintzen, gogoz kontra. Horregatik, niretzat hura zen etxe hartara sartzen nintzen estreinako aldia. Gurea baino handiagoa zen. Eta leiho gehiago zituen. Eta horma guztiak zuriz margotuak. Gure etxea txikia eta iluna zen, eta horregatik pintatu zituen amak hormak kolore biziekin. Kaotiko samarra zen gure etxea, amaren neurrira egina. Aitarenak, berriz, askoz baketsuagoa zirudien. Ederra zen. Bertan gustura bizitzeko egina eta dekoratua.

–Etxe polita duzue –esan nion.

–Ondo dago, bai. Maria bere gelan dago. Oraintxe deituko diot.

Egongelara eraman ninduen. Ez zegoen inor, eta telebista jarrita zegoen baina ahotsik gabe. Sofa gainean katu bat mesfidati begira neukan. Katu potolo eta zuria. Katua ere etxearen neurrira enkargatua.

–Telebista ikustea gustatzen zaio. Entzutea ez. Pitxin deitzen da.

Aita zen. Ezustean harrapatu ninduen bere etxeko salan.

–Kaixo, Ezekiel. Hau sorpresa atsegina.

Nigana hurreratu eta musu bat ematen saiatu zen baina nik atzera egin nuen. Eskua luzatu nion.

–Mariarengana zatoz, ezta?

Berak ere bazekien ezinezkoa zela bisita hura berari egina izatea. Aitaren eta bion arteko harresia zutik zegoen oraindik. Hori ezin zen egun batetik bestera eraitsi.

–Bai. Tira, zurekin hitz egin nahi dugu... –aurreratu nion.

–A, bai? –harrituta utzi nuen.

–Ros!

Maria une aproposean sartu zen. Tentsioa handitzen zihoan segundoz segundo aitaren eta bion artean.

–Kaixo, arrebatxo.

Aitari ez bezala, bi musu handi eman nizkion Mariari. Ez genuen ohitura hori. Esan nahi dut Mariaren eta bion arteko musuak ia-ia esku bakarrarekin konta zitezkeela, baina, aita amorraraztearren, gau hartan bi musu eman nizkion arrebari masailean. Aitak ikus zezan zenbat maite genuen elkar anai-arrebok. Aitak ikus zezan berak inoiz eman ez zigun maitasuna bikain hazi zela gure artean. Berak banatu zuen familia zeinen lotuta zegoen ikus zezan. Hantxe, bere etxe zuri eta dotore hartako egongela erraldoi hartan. Pitxin ere lekuko zela.

–Rosek esan dit... –hasi zen Maria–. Ezekielek esan dit zu eta ama musuka ikusi zaituztela.

Di-da bota zion esaldia. Aita zurbil geratu zen. Katuak ahoa zabaldu zuen. Nik lurrera begiratu nuen, eta aitak egongelako ateak itxi zituen.

–Ez da berriz errepikatuko –esan zuen gero.

–Zer esan nahi duzu? Ez zaretela itzuliko? –zuzen, Mariak.

–Ez. Nire bizitza Gloriaren ondoan dago. Nik Gloria maite dut.

Orduan, sekula imajinatuko ez nuen zerbait gertatu zen. Maria negarrez hasi zen. Negar-zotinka. Ume txiki batek bakarrik egin dezakeen modura. Ni eta aita, biak gizonak, zer egin jakin gabe geratu ginen. Ez genekien Mariarengana hurreratu edo besarkatu. Ez genekien kleenex bat eman behar genion. Edo, akaso, berak nahiago zuen bakarrik uztea.

–Nire asmoa ez zen inor mintzea… –desenkusatu zen aita–. Zure amak ere garbi du gure artean ez dagoela ezer… Garai batean asko maite genuen elkar eta zuek zarete horren emaitza baina... maitasuna amaitu egiten da batzuetan.

–Orduan zertara etorri zara herrira? –aurpegiratu nion.

–Zuek ikustera. Banekien oso zaila izango zela zuek neureganatzea. Zuen kariñoa eskuratzea. Baina zuek ikusteko beharra nuen.

–Beranduegi, ez al duzu uste?

Mariak negarrez jarraitzen zuen. Ezer esan gabe.

–Agian beranduegi, bai. Baina saiatu egin nahi nuen.

Une horretan atea ireki eta Gloria sartu zen. Maria negarrez eta gu oihuka harrapatu gintuen.

–Zerbait gertatu al da? –galdetu zuen.

–Gloria, eser zaitez.

Ostia! Hura bai ez nuela espero. Sentsazioa nuen aitak amari emandako musua kontatu nahi ziola bere emazteari.

–Naroa! Naroa, zatoz, maitea!

Naroa ere harrituta zegoen. Eta Pitxin zutitu egin zen. Berak ere sumatu zuen zerbait arraroa.

–Gauza bat kontatu behar dizut, maitea –eskua hartu zion Gloriari–. Duela bi egun Evarekin egon nintzen. Hitz egiten hasi ginen. Azalpen bat zor nion egindako guztiaren inguruan –Gloriak buruarekin baietz egiten zuen–. Aspaldiko garaiez hitz egin genuen, bizi izandako momentuak gogoratu genituen, zeinen zoriontsuak izan ginen... Eta halako batean... musukatu egin ginen.

Pitxinek marramiau egin zuen. Dena ulertu izan balu bezala. Naroak alde egin zuen, malkotan. Maria isildu egin zen. Nik burua makurtu nuen berriz. Eta Gloria zurbil geratu zen.

–Ez zen ezertxo ere izan, laztana. Nik zenbat maite zaitudan jakin nuen une hartan bertan. Zenbat behar zaitudan nire ondoan.

Aitak Gloriaren eskua hartu zuen eta musu eman zion. Gloria zer esan jakin gabe zegoen. Baina haren bihotz-taupadak entzun nitzakeen, azeleratuta. Bizkor, oso bizkor. Keinu arraro bat marraztu zitzaion aurpegian. Erdi-irribarre moduko bat. Musua itzuli zion. Eskuan musukatu zuen Gloriak aita. Gero altxatu eta egongelatik alde egin zuen. Pitxin atzetik atera zen. Eta gela hartan gailendu zen isiltasunak gor utzi ninduen, hormetako zuritasunak itsutu ninduen istant berean.

17

Aitaren etxetik alde egitera nindoanean, Naroak eskutik heldu zidan.

–Zurekin noa.

Atea danbateko batez itxi zuen. Igogailua hartu genuen eta kalera arteko bidean ez genuen, ez berak ez nik, ezertxo ere esan. Deseroso sentitzen nintzen. Eta baita errudun ere. Zer eskubide nuen familia zoriontsu bat modu hartan mintzeko? Nor arraio nintzen ni aitaren erabakietan sartzeko? Bere semea, bai. Baina 15 urteko nerabea. Bizitzaz ezertxo ere ez zekiena eta hartutako erabakien ondorioak kalkulatzen ez zekien nerabea. Nire arreba ere ni bezalakoxea zen, neurri batean. Baina berak bere buruari bakarrik egiten zion kasu, eta ama eta aita berriz ere elkarrekin egongo ziren jakitea beste ezer baino garrantzitsuagoa zen berarentzat.

–Hau hotza –esan zidan Naroak. Kalean geunden jada.

–Hotza? Hego-haizea dagoela esango nuke.

–Hotz utzi nau etxean gertatu denak. Ezin dut burutik kendu. Eta zuk?

–Zer? –ez nuen ulertzen zer esan nahi zidan.

–Zure ama eta aita musuka. Ezin dut irudi hori ezabatu burutik.

Ez nuen ezertxo ere esan. Zer egin behar nuen? Detaileak eman behar al nizkion? Ez zela horrenbesterako izan esan behar al nion? Alfer-alferrik izango litzateke dena. Hitzak sobran zeuden. Naroak bere buruan irudikatu zuen eszena, eta hark ez zuen bueltarik. Denborak jarriko zituen gauzak bere lekuan.

–Ama gaixoa.

Hitz egin beharra zuen. Eta nik entzun egingo nion.

–Ez du horrelakorik merezi. Beti besteengan pentsatzen eta... begira. Ez da bidezkoa.

Gogoa izan nuen nire ama ere defendatzeko. Nire aita Gloriarekin joan zenean ama, Maria eta hirurok abandonatu gintuela esateko. Bere amak ere egin izan zituela gauzak gaizki. Bera amak ere min egin zigula guri. Bere amak ere familia bat desegin zuela esan nahi nion. Baina orduan Naroa negarrez hasi zen eta, ohartu nintzenerako, beso artean neukan.

–Lasai, Naroa. Dena konponduko da.

–...

–Aitak zure ama maite du.

–Orduan zergatik eman dio musu zure amari? Zergatik?

–Helduek gauza arraroak egiten dituzte.

Neu ere harritu nintzen nire ahotik ateratako hitz haiek entzutean. Helduek gauza arraroak? Nire adineko jendeak bai ez zituela gauzak bikain egiten. Gu bai ginela inprobisatzaile hutsak. Orain hau nahi dut, gero hura desio dut. Etengabe sentimenduekin jolasean, gure sentimenduekin eta besteen sentimenduekin. Etengabe korapiloak askatuz eta korapilo berriak eginez.

–Ei, lasai, polita.

Eskuekin aurpegia hartu eta malkoak lehortu nizkion. Bera burumakur zegoen. Ez zen ausartzen aurpegia altxatzen. Nik irribarre txiki bat eskaini nion eta bere ezpainetan keinu alai bat ikusi nuen. Eta orduan musu eman nion.

Naroa berriz hasi zen negarrez. Nire musua jaso eta gero. Zer esan nahi zuen hark? Ez zitzaiola gustatu? Emozioak jota zegoela pozarren? Emakumeak hain dira arraroak...

18

Urriaren 24a zen. Bezpera. Egun handiaren aurre eguna. Urduri geunden guztiok, eta sentsazioa geneukan mila gauza zeudela lotzeko oraindik. Ola erotuta zebilen, geldi egon ezinik.

–Txosna muntatzera joan behar dugu, esan diet gelakoei laguntzera etortzeko, moto-taldekoak ere han izango dira, noski, eta edari-banatzaileekin ere geratuta gaude…

–Ola…

–Ostia, Jazz! Esan nion musika aukeratzen lagunduko geniola eta…

Sakelakoa atera zuen.

–Jazz? Ola naiz, bai. Kristoren lioa daukat eta ez dakit aukerarik izango dugun abestien aukeraketan laguntzeko (…) A, bai? (…) Fenomeno! Gero arte, bai!

Deia amaitu orduko telefonoa joka zuen.

–Bai? (…) Nor? (…) A, bai, bai! Esan (…) Ados, ados. Gero arte!

Lokalean batera eta bestera zebilen. Ezin sartu. Hiru metroko altuera eta 200 kiloko pisua duen pertsona bat bezala sentitzen zen Ola. Une batetik bestera eztanda egingo zuen erraldoia.

–Ola, lasai… –Etxek suabe esan zion.

–Lasai? Nola egon zaitezkete horren lasai! Zuek potroak!

Alferrik zen. Horrelako egunetan beti aztoratzen zen. Oraingoan ere antolakuntzaren ardura bere gain hartu zuen eta gainezka egin zion. Ez zekien delegatzen. Gauzak berak baino hobeto inork ez zituela egingo uste zuen eta horrek bazuen bere ordaina, noski. Inauteri batzuetan gertatu zitzaion ardura guztiak bere gain hartzeagatik gaixotu egin zela eta ohean pasa zuela egun handia. Mozorrotu gabe. Aieneka. Mekaguenka. Bazirudien ahaztua zuela hura.

–Ola… ez al zara oroitzen inauterietakoaz? –gogorarazi nion.

–Zer? Bah, hura zorte txarra izan zen!

–Bale, bale… Zuk ikusi.

–Ei! Jazzek esan dit musika prest duela. Era guztietako abestiak aukeratu ditu eta kristoren martxa jarriko du.

–Mundial! –esan nuen. Leonen festarako gogoa pizten ari zitzaidan.

–Pozten naiz horren umoretsu ikusteaz, Ros –esan zidan Etxek.

–Jasanezina egon naiz aspaldian, ezta?

–Eta astuna eta lerdoa eta ostiatzeko modukoa... –gaineratu zuen Olak.

–Bueno, bueno...

Baina bai, arrazoia zeukan. Halere, gauzak bere onera etortzen hasi zirela zirudien. Naroarekin gertatutakoak indarberritu egin ninduen. Ilusionatu. Irribarrea ateratzen zitzaidan Naroaz akordatzen nintzenean. Zeinen erraz ahaztu nuen Elena. Horrek zerbait esan nahi zuen. Elenarekin maiteminduta ez nengoela, alegia. Batzuetan gauzak galdu egin behar dira haien benetako balioa zein den jakiteko. Kasu honetan, Elena galtzeak erakutsi zidan ez nuela maite. Orain pozik nengoen Naroarekin. Eta pozik nengoen Elena ere Leonekin gustura egongo zela pentsatzean. Bazirudien gauzak bere onera etortzen hasi zirela. Aita itzuli zenetik estreinakoz, aitaren kontuak pisua galdu zuen nire bizitzan. Hori seinale ona zen. Oso-oso seinale ona.

–Zatozte, azkar!

Elena oihuka sartu zen lokalean.

–Leonek istripua izan du motorrean!

Falta zena! Hain zaila al zen gauzak ondo joatea? Beti gertatu behar al zen zerbait momentu onak zapuzteko?

–Non dago? –galdetu zuen Etxek.

–Hortxe bertan izan da! –jakinarazi zigun Elenak.

Hala zen. Leon lurrean zegoen. Baita motorra ere. Leonek eskuarekin hankari eusten zion eta aieneka zegoen. Minez. Anbulantzia berehala iritsi zen eta medikuak Leon aztertzen hasi ziren. Guk ez genekien zer egin. Jendetza hurreratu zen. Horrelakoetan beti izaten da jendea inguruan. Erakarpen berezia izaten dute istripuek, eta guztiok izan nahi dugu gertatu denaren lekuko. Zer du? Nola izan da? Nor da? Gazte hauek! Moto madarikatuak! Dozenaka galdera errepikatzen zen airean. Baina inork ez zuen erantzunik ematen. Leonen ama ere berehala iritsi zen. Semearengana joan zen eta eskua eskaini zion. Medikuek lasai egoteko esan zioten. Itxura batean hanka puskatu zuela baina ospitalean egingo ziotela azterketa sakonagoa. Hantxe ikusi genituen sartzen Leon eta ama, anbulantzian. Sirena martxan alde egin zuten. Motorra lurrean geratu zen, abandonatua bezala. Eta gu mutu. Zer gertatuko zen orain? Zer egin festarekin? Eta Lip dub-a ere bere horretan mantenduko al zen?

–Zer putada! –bota zuen Olak.

–Leon gizajoa –gaineratu zuen Etxek.

–Tira, badirudi ez dela ezer larria izan –esan nuen.

–Ya, baina nahikoa izan daiteke festa bertan behera uzteko –larritu zen Ola.

–Hori al da inporta zaizun bakarra? –aurpegiratu nion.

–Dena dago antolatuta! Ba al dakizu zer lan hartu dudan? –bota zuen.

–Hartu duzun? Aizu, hemen guztiok lagundu dugu! –erantzun zion Etxek.

–E, lasai. Oraindik goiz da ezer erabakitzeko. Ea zer dioten medikuek eta zer erabakitzen duten moto-taldekoek.

–Ni festa mantentzearen aldekoa naiz –esan zuen Olak.

–Urtebetetze-festa Leon gabe? –nik, sinetsi ezinik.

Ola isilik geratu zen. Bazekien ez zegoela ondo esan zuena, baina bere barruak horixe eskatzen zion. Festa egitea. Bere horretan mantentzea. Ondo pasatzea. Eta, batez ere, horrenbeste desio zuen estreinako musu hori neska bati emateko aukera izatea. Alde batetik ulertzen nuen.

–Ikusiko dugu –defendatu zuen Etxek–. Hanka soilik puskatu badu, Leon ere festan egoteko moduan izango da.

–Hara! Leonen mezu bat iritsi zait!

Elena ere hantxe zegoen, gurekin. Baina ordura arte ez ginen ohartu ere egin. Ezer esan gabe egon zen, arduratuta. Gure konpainia behar zuen. Tira, benetan behar zuena Leonen ondoan egotea zen, baina anbulantzian ama bakarrik joan ahal izan zen. Normala, azken batean Elena ez zen bere neska-laguna. Ez behintzat neska-lagun ofiziala.

–Leon al da? Zer dio? Ondo al dago?

Ola oso urduri zegoen eta, inkontzienteki, Elenari telefonoa kendu eta harentzat idatzia zegoen mezua ozen irakurri zuen berak.

"Lztana, lasY. Ondo nao. Igeltsua ipini didaT anKn. Mimok bear tut. Zureak."

Ola jauzika hasi zen. Ezer gertatu izan ez balitz bezala. Hanka apurtuta izatea huskeria bat balitz bezala. Baina Elenak ondora joan eta telefonoa eskutik kendu zionean bere onera etorri zen.

–Hara, barkatu, Elena… Ez naiz konturatu eta…

–Kirtena halakoa!

Beste ezer esan gabe alde egin zuen. Ez agur, ez gero arte, ez zertan lagun dezaket galdetu ere egin gabe. Leonekin berba egiteko gogoa izango zuen seguruenik, eta intimitatea ez zen lokalean zeukana.

–E! Entzun al duzue? Leon ongi dago!

–Hanka puskatu du, Ola. Hori ez da ondo egotea –argitu nion.

–Tira, baina txarto-txarto ere ez dago… Esan nahi dut…

–Bai, esan nahi duzu ez dagoela arrazoirik festa bertan behera uzteko, ezta?

–Horixe bera!

–Halere... –hasi zen Etxe–. Akaso moto-taldea izango da Lip dub-a atzeratzea erabakitzen duena. Ez dezagun ahaztu Leon zela protagonistetariko bat...

–Ostia, ostia, ostia... –larritu zen berriz Ola.

–Leonen aitari dei diezaiokegu... –proposatu nuen.

–Bale. Deitu zuk, Ros.

–Nik? Deitu zuk, Ola.

–Deitu dezala Etxek.

Zeinen umeak ginen batzuetan. Gauza askotarako helduak ginela uste genuen, eta gero txikikerietan ikusten zen oraindik ere heldu gabeko madariak ginela. Zuhaitzetik berde-berde eroriak. Neuk deitu nion azkenean.

–Aupa... Bai, Ezekiel naiz. Zelan dago Leon? (...) Jakin dugu, bai, hanka apurtu duela (...) Ya, ya (...) Bai, hori zen gure kezka. Horregatik deitu dizut, ez dakigu txosna muntatzen hasi edo dena bertan behera utzi eta (...) Bai (...) Bai (...) Aja (...) Bale, bale (...) Mila esker, bai. Eta eman eskuminak Leoni!

Ola eta Etxe gainean nituen, irrikaz Leonen aitarekin hitz egin nuenaren berri izateko.

–Eta? Zer esan dizu?

–Bota ba, la ostia!

–Ba... sentitzen duela baina...

–Joeeee... –Olak.

–… baina bihar egun gogorra izango dela guztiontzat Lip dub-a eta festa direla-eta!

–Benetan? Bene-benetan? Bene-bene-benetan?

Olak bere sakelakoa hartu eta Lip dub-eko abestia topera jarri zuen, Esne Beltzak taldearen *Gogoak*. Hirurok dantzan hasi ginen, urriaren 25eko egun hartarako bakoitzak bere amets eta helburuak buruan bueltaka zituen bitartean.

Emaidazu berriro
ongietorria
zu zara nire poz
guztien iturria
emaidazu berriro
ongietorria
gelditzeko nator eta!

Tren batean
gurutzatzen diren
begiradak
barra ertzean
ematen diren muxuak
lo aurreko uneak amesten,
amesten
egunak joaten dira…
hondartza horian
egindako gazteluak

ez dituzte olatuek eraitsiko
gure eskuekin
marraztutako loreak
ez ditu denborak ebakiko.

19

Urriak 25. Iritsi zen eguna. Zortea izan genuen, eguna oskarbi esnatu zen-eta. Biba! Baina gorputza neka-neka egina neukan. Bezperan txosna muntatzen eta edariak behar zen lekuan sartzen lagundu genien moto klubekoei, eta agujetaz josia nengoen. Gihar guzti-guztiak ahul nituen, pitzatuta baleude bezala. Indarge nengoen fisikoki, baina indartsu eta gogotsu psikologikoki. Egun handia iritsi zen azkenean. Horrenbeste gorabehera eta gero, bazirudien azkenean Leonek bere festa izango zuela. Inork inoiz ahaztuko ez zuen eguna izango zen hura.

Lip dub-a bazkalostean grabatuko zen baina goizean goizetik nabari zen mugimendua kalean. Polita zen jendea batera eta bestera ikustea, dena prestatzen, gauzak atontzen, beharrezko arropak eta tramankuluak inguratzen. Azken batean, hura ez zen bideo arrunt bat. Musikaren erritmora jokatu behar genuen guztiok eta multzotan banatu gintuzten. Herriko dantza taldekoek koreografia modukoa prestatu zuten, eta zinea ikasten ari zen gazte talde bat arduratu zen jendea taldeetan banatzeaz eta bakoitzak non kokatu behar zuen esateaz. Bagenekien nork non egon behar zuen. Bagenekien zer egin behar genuen, nola mugitu behar genuen. Eta bagenekien abestiaren letra ere. Hori ere oso garrantzitsua zen, noski. Azken batean, kamera inguratzen zela ikustean, ikasi genuen bezala mugitu, dantzatu eta abestu behar genuen. Tumatxa zen hura! Herritarrak, asko eta asko estreinakoz elkartuta, zer eta Erreka-zulo moto klubaren aldeko bideo batean. Nik uste guztiok dugula barruan "fama"ren harra. Guztiok nahi dugu egunen batean ezagun izan. Denboran iraungo duen zerbaitetan parte hartu. Bideo hark horretarako aukera ematen zigun, nolabait. Guztiok izango ginen protagonistak eta lekukoak. Herriaren alde, herria erakutsiz eta, batez ere, ongi pasatuz, talde baten aldeko apustua egingo genuen. Eta bakoitzak bere burua ikusiko zuen bideoan. Bakoitzaren famazko minutu edo segundoak. Eta hori guztia gutxi balitz, gero egundoko festa dj eta guzti. Ederregia zirudien guztiak egia izateko. Ezkorrek esango zuten hura ezin zela ondo atera. Zerbaitek eztanda egingo zuela. Baina momentuz martxa onean zihoan guztia. Bezperan nahikoa susto hartu genuen Leonen istripuarekin baina, hura pasata, eguna bere bidetik joango zela zirudien. Ezkorrenak ere ez zuen lortuko gure poza usteltzea.

Alai eman nuen eguna. Amari musu eman nion goizean. Nire ohea egin nuen amaren agindurik jaso gabe. Bazkaria inoiz baino goxoagoa zegoela begitandu zitzaidan. Naroari mezua bidali nion pozik nengoela eta poza ematen zidala aitortuz. Leon zoriondu nuen eta Elenarekin egotea merezi zuela esan nion. Herrarik gabe. Alde batetik beldurra ematen zidan sentimendu baikorren festa hark. Ez zen batere ohikoa nigan eguna hasi eta, aurrera egin ahala, nire animoa hain altu egotea. Baina, zer demonio, akaso gauzak benetan aldatzen ari zirelako zen. Niri ere tokatzen zitzaidan aro on bat bizitzea, ezta? Sentimendu eta pentsamendu ezkorren parentesia ixteko garaia iritsi zitzaidan, eta nire esku zegoen guztia egiteko prest nengoen ilusioak eta ametsak ez zapuzteko.

Lip dub-a udaletxe parean hasten zen, Plaza Nagusian. Esandako orduan han geunden herritar guztiak. Parte hartu behar genuenok eta baita kuxkuxeatu nahi zutenak ere. Urduritasuna ikus zitekeen, puxika handi bat balitz bezala gure inguruan zebilen, jauzika. Orain baten aurpegian, orain bestearen eskuan, orain haren gerriari helduta. Lip dub-a zuzendu eta grabatu behar zutenen aurpegian ere tentsioa nabari zitekeen. Ez zen batere erraza hainbeste jende koordinatzea, eta kontuan hartu behar zen dena toma bakarrean grabatu nahi zutela. Berriz ere errepasatu genuen bakoitzak non egon behar zuen. Zer egin behar zuen. Nola jokatu. Zein mugimendu egin. Inauteri-festa zirudien hark. Arropa koloretsuak, kapelak, pankartak… Eta, bat-batean, ezustean bezala harrapatu gintuen moto-burrunbadak. Dozena bat motor agertu ziren plazan, zeinek baino zeinek zarata gehiago ateraz. Festa hantxe hasi zen. Txalo-zaparrada, oihuak, bibak... Bat-batean, herri guztia motero bihurtu zen. Baita ordura arte beraien kontra behin baino gehiagotan aritu izan zirenak ere: haien ahotik ere hitz politak eta poza atera ziren. Bitxia, benetan.

Eta, motor haiek kontzertua irekitzen duten musikariak balira bezala… atzetik solista azaldu zen: Leon mendiko motor bati lotutako *sidecar* batean! Flipantea! Haluzinantea! Ikusgarria! Berritzailea!!! Txalo-zaparrada itzela jaso zuten Leonek eta motorra gidatzen zuen aitak. Leonen aurpegian irribarre ezin zabalagoa marraztu zen. Plaza hartan sortu zen energia elektrizitatea balitz, urte osoko argia debalde izango genuen une hartan!

–Ea! Entzun, mesedez!

Bozgorailu batetik hitz egiten hasi zen bideoa zuzendu behar zuen neska, Estitxu.

–Berehala hasiko gara. Mesedez, talde bakoitza joan dadila dagokion tokira. Ibilbide osoan jarri ditugu bozgorailuak musika ondo entzuteko. Hasiera-hasieratik egon behar duzue abesten eta mugitzen. Kamera hurreratzen denean, bilatuko du talde bakoitzaren mugimendua, ados? Galderaren bat?

Isilunea. Inork ez zuen eskurik altxatu. Ola, Etxe, Jokin eta laurok iturrirantz abiatu ginen. Huraxe zen gure kokapena. Gure look-a, berriz, tope moteroa: Leonek utzi zizkigun narruzko buzo batzuk. Bero egiten zuen eta jantzi haiekin egosiko ginela uste genuen baina, halere, gustura geunden motozale baten azalean sartuta.

Urduri geunden. Normala. Egun hari milaka buelta eman genizkion, gauzak ondo prestatzen lan dezente egin genuen eta zirrara sentitzea gauzarik normalena zen. Gainera, estreinako aldiz parte hartu behar genuen bideo batean eta horrek ere nerbioak eransten zizkion gure aldarteari.

Zuzendariak bat, bi, hiru… grabatzen! esan zuenean hasi zen musika bozgorailuetatik. Guk ez genuen hasiera ikusten, Udaletxetik nahiko urrun geundelako, baina abesten eta dantzan hasi ginen, azaldu zigutena betetzen. Gure inguruan zeudenak ere geu bezalaxe hasi ziren mugitzen. Hura giroa sortu zena une batetik bestera! Herria eta herritarrak sekula ez bezala inplikatuta, zer eta Erreka-zulo moto klubaren aldeko bideo batean!

Orduan, musikaz bat motor-hotsa ere entzun genuen. Hantxe agertu zen berriz Leon, bere aitak bultzatutako *sidecar* hartan eserita, igeltsuz estalitako hanka kanpora aterata. Motorra orroka eta Leon ere lehoi bat bezain tente eta harro. Festa hartako protagonista sentitzen zen, nahiz eta guk antolatutako urtebetetze-festaz tutik ere ez jakin. Kamera aurrerako dohain berezia zuen, eta ziur nengoen ondo ematen zuela. Guapoa zen, ezbairik gabe. Neska guztiek esaten zuten eta neuk ere ikus nezakeen hori. Jokinek, Etxeren mutil-lagunak, ezin zion begirik gainetik kendu. Ukalondoarekin jo eta disimula zezan eskatu nion. Berak harrituta begiratu zidan. Zer? esanaz bezala. Tipo hark zerbait ezkutatzen zuela iruditzen zitzaidan. Bale, egia zen Etxek kontatu zidala beraien arteko harremana irekia zela baina, halere...

Ohartu nintzenerako kamera guri begira zegoen. Gu enfokatzen. Ni kikildu eta betileak ere mugitu ezinik geratu nintzen ia. Nire ondoan Ola eskuak eta hankak eta burua eta bere gorputzeko atal guztiak ero bat balitz bezala mugitzen hasi zen. Beretzat nahi zuen protagonismo guztia. Gainontzekoak existituko ez bagina bezala, berak izan nahi zuen zirku hartan pailazo, akrobata eta domadore. Besteok figurante hutsak ginen. Amorrua eman zidan baina, beste alde batetik, baita inbidia pixka bat ere. Ni ki-

kilduta sentitu nintzen neurri berean hazi zen bera kamera agertzeaz bat.

Eta holaxe, etorri eta alde egin zuten bai kamerak eta baita Leonek ere. Guk geurean segitu genuen, dantzan eta kantan, nahiz eta jakin ezerk ez gintuela enfokatzen. Halere, martxa onean ginen eta, segundo batzuk lehenago paralizatuta nengoen arren, orain, naturaltasun osoz eta saltsaren erdian disfrutatzen ari nintzen berriz. Garbi zegoen ez nintzela plaza-gizona!

20

–Ros! Ros! Ros, ostia!

Ur-botila lurrera erori zitzaidan Olaren oihuaren erruz.

–Jota zaude ala? –egin nion errieta, amorruz.

–Deika ari naiz eta ez didazu kaso pitorik egiten!

–Zalaparta honekin ez da ezer entzuten!

Hala zen. Lip dub-a amaitu orduko txosna ireki zuten Erreka-zulo moto taldeko hainbat kidek. Aurreko egunean talde polita elkartu ginen dena prestatzeko, baina benetako lana edaria atera eta bokatak prestatzea zen. Horretan ari ginen Ola, Etxe, Jokin eta neu, eta ura edateko probestu nuen une txiki hura aurpegiratu egin zidan Olak.

–Kamareroek ere izango dute aukera atsedenerako, ez? –esan nion.

Estreinako aldia zen barra baten atzean niretzat. Eta hasierako xarma edo misterio-ukitua bost minutura desagertu egin zen. Hura jendetza hurreratu zena! Guztiak arrapaladan etorri ziren, eta denek nahi zituzten edariak eta bokatak une berean. Presak, oihuak, atzerapenak, gaizki kobratutakoak, entzun beharreko haserre eta kexak... Behar nuen azkena zen Olarekin ere sesioa izatea.

–Bueno, bale... barkatu.

Bostekoa eman nion. Egia zen Ola beste inor baino gehiago inplikatu zela festa hura antolatzeko, eta arduratsu zebilen, lan eta lan. Inoiz ez bezala topatu nuen Ola txosna haren barruan. Nik ez bezala, berak bazuen barra baten atzean egoteko gaitasuna. Izerditan blai egon arren, etengabe zeukan irribarrea aurpegian. Bistan zen disfrutatzen ari zela.

–Lasai, Ros. Hara, zergatik ez zara joaten Jazzi galdetzera ea dena prest dagoen?

Ez zuen birritan esan beharrik izan. Aitzakia ezin hobea zen hura zerbitzari lanak uzteko. Di-da batean atera nintzen txosnatik eta Jazz-en musika-mahaia zegoen txokora gerturatu nintzen.

–Aupa, Jazz! Dena ondo?

–Primeran! Ni prest nago nahi duzuenean hasteko.

–A, ba, nik uste nahi duzunean has zaitezkeela...

–Bai? Baina ez al da hobe jendeak jateari lagatzea musikarekin hasteko?

–Ya, egia, arrazoia duzu.

–Orain arte musika lasai samarra aukeratu dut, jendeak tripa betetzen duen bitartean gehiegi nabaritzen ez den musika.

–Ya.

–Gero, eztarria bustitzeaz bat hasiko naiz benetako dj festarekin.

–Primeran!

–Espero dut zuen gustukoa izatea ekarri dudan musika...

–Eta bestela beti izango dugu aukeratzeko modua, ezta?

–Bai, bai, noski!

Une hartan txosnarantz begiratu nuen eta hantxe ikusi nituen berriketan Leon, Elena eta Naroa. Deseroso sentitu nintzen. Gauzak argi zeuden lauron artean, baina horrek ez zuen esan nahi oraindik prest nengoenik Elena eta Leon eta Naroa konpartitzeko. Aldiz, beraiei begiratuta garbi zegoen guztiz normaltzat hartu zutela egoera hura. Eta min egin zidan pentsatzeak agian Elenak ez ninduela inoiz gustuko izan. Ez zen normala nitaz hain enamoratuta egon bazen horren azkar ahaztea guztia. Eta nik zer egin behar nuen? Beraiekin elkartu ezer gertatu izan ez balitz bezala? Irribarre zabal batekin agurtu behar al nuen Elena? Eta erreparorik gabe eman behar al nizkion musuak Naroari? Ez neukan batere gogorik Elenaren eta Leonen arteko musuak ikusteko. Arraroa zen hura guztia, eta oso-oso labainkorra. Baina ez neukan ihes egiterik. Leonek ikusi ninduen une berean esan zidan eskuaz gerturatzeko. Nik irribarre faltsua marraztu nuen eta han abiatu nintzen.

–Hau festa mundiala, e, Ros! –esan zidan Leonek.

–Bai, bai, oso ondo dago.

Elenaren eta Naroaren begiak sumatu nituen nire aurpegian. Nik ez nion ez bati ez besteari begiratu. Orduan Leonek musu bat eman zion Elenari eta nik gauza bera egin nuen Naroarekin. Elenak musua itzuli zion Leoni, eta gero niri begiratu zidan, “hauxe da galdu duzuna” esanaz bezala.

–Barkatu baina banoa barrara, laguntzera.

Ihes egin nuen azkenean. Eta hantxe utzi nuen Naroa gaixoa, Elenarekin eta Leonekin. Harrituta begiratzen zidan, zergatik abandonatu nauzu galdezka bezala. Arrazoi osoa zuen baina ni ez nintzen jaio egoera horiek normaltasun osoz hartzeko. Ez nengoen nahikoa hazia gauza horien aurrean heldu batek jokatuko lukeen hoztasunarekin eta kontrolarekin jokatzeko. Egoerak ni kontrolatzen ninduen, ez alderantziz.

–Bai, bai! Entzuten al da?

Leonen aitak mikroa hartu zuen.

–Arratsalde on guztioi! Ezer baino lehen eskerrak eman nahi dizkizuet guztioi Lip dub horretan parte hartzeagatik…

Berbetan segitu zuen baina nik erabat deskonektatu nuen. Ez nituen hitzak entzuten, soilik aurpegiak eta jendearen mugimenduak ikusten nituen. Hantxe ikus nitzakeen Leon eta Elena eskutik helduta. Etxeren bikotea Leoni begira. Ola irribarretsu, barrara hurreratzen zen neska bakoitzari tragoa musu baten truke eskaintzen. Naroa niri begira, nire beharrean. Hori zuen ona barra batek. Barrutik oso-oso ondo kontrolatzen dela kanpoan gertatzen den guztia. Lekuko bihurtzen zaitu. Orojakile. Eta hori abantaila handia da.

Leonen aitak mikrofonotik esan zuenean semearen urtebetetzea zela eta mundu guztia "Zorionak zuri" kantatzen hasi zenean... Gloria nire amarengana hurreratzen ikusi nuen. Haren atzetik aita zihoan, muturtuta. Ai, aita!

21

Barra atzetik ezin nuen ezer entzun. Baina batzuetan askoz gehiago esaten dute begiradek eta keinuek, hitzek baino. Ama mutu zegoen. Gloriak aurpegira hitz egin zion. Oso-oso gertu jarriz, hain gertu ezen hurbiltasuna mehatxu bihurtzen baitzen. Amak aitari begiratu zion, babesa eskatuz edo defentsa bilatuz edo... bakarrik ez uzteko eskatuz. Aitak ama abandonatzen zuen bigarren aldia zen. Gloriak eskuak altxatu zituen eta amari zaplazteko bat emango ziola iruditu zitzaidan. Baina Naroak eskutik hartu eta eraman egin zuen. Amaren gorputza dardaraka senti nezakeen. Bat-batean lurrikara igarri nuen oinetan. Ez zen mundua mugitzen zena, nire amaren bihotz-taupadak ziren, lur azpitik nigana iristen zirenak. Barratik atera nintzen amak behar zuen babesa emateko. Ikusi ninduen une berean hasi zen negarrez, eta nire besoetan txikia, oso txikia zela sentitu nuen. Sekula maitatu ez duten kumea bezain ahula zen gure ama. Gugandik metro batzuetara Naroa eta Gloria zeuden. Haiek ere negarrez. Biak. Gloria ere ama bezain txiki ikusi nuen. Desleialtasunak guraize batzuek beste ebaki dezake bihotza. Naroak lepoan zeraman zapiarekin lehortu zituen bere amaren malkoak, eta gero zapi bera erabili zuen bere begietako negarra sikatzeko. Aita barran zegoen, zerbeza bat edaten. Burumakur.

–Jaun-andreok... hemen hasten da dj-festa!!!

Jazz martxan zen. Musika ozen jarri zuen. Herri osoan entzun zitekeen ia-ia. Nire bizitzan lehenengo aldiz, madarikatu egin nuen musika. Une hartan zine mutuko pertsonaiak izatea desio nuen. Azpitituluekin eta tarteka, oso-oso tarteka baino ez komunikatzea. Festa erraldoi hartan bi emakume haien oinazea ikusita, bizitzak zuri-beltzekoa zirudien.

–Ros! Ros!

Ola deika nuen. Haren ondoan zegoen Etxe, eta keinuak egiten zizkidaten hurreratzeko esanaz. Jazzen ondoan zeuden biak eta Olak mikrofonoa eskuan zeukan. Bistan zen Leoni gure oparia emateko ordua iritsi zela.

–Etxera eramango zaitut, ama.

–Ez, ez, lasai. Ondo nago.

–Benetan?

–Bai, bai. Zoaz lagunengana eta disfrutatu. Egun handia da zuentzat.

–Baina…

–Benetan. Pasako zait. Pasatzen ari zait… Ikusten? –malko baten arrastoa atzamarraz ezabatu eta irribarre txiki bat fortzatu zuen.

–Zerbait behar baduzu esan, ados?

Baietz egin zidan buruarekin. Musu bat eman nion masailean eta irribarre bat oparitu nion. Irribarre zintzoa.

–Zuk hitz egin, Ros!

Olak mikroa pasa zidan.

–Bai zera! –mikroa itzuli nion.

–Orduan zuk, Etxe!

–Jota zaude?

Olak mikroari eutsi zion. Ondotxo ezagutzen genuen eta bagenekien desiratzen zegoela berba egiteko. Mundu guztia berari begira jartzeko.

–Ei, people!

Etxek eta biok harrituta begiratu genion. Zertan ari zen ingelesez hitz egiten?

–Ezer baino lehen –euskaraz jarraitu zuen, eskerrak!–, ezer baino lehen eskerrak eman nahi dizkiegu

Erreka-zulo elkartekoei gure festa txikia euren egun handiarekin lotzeko aukera eman digutelako.

Jendea txaloka eta txistuka hasi zen.

–Bigarrenik, nola ez, Udaletxea eskertu nahi dugu eman dizkigun erraztasun guztiengatik…

Txaloak, gutxiago, eta txistu bat edo beste.

–Eta hirugarrenik… Leon zoriondu eta munduko lagunik onena dela esan nahi diogu! Leon! Hanka puskatuta ere putoamoa zara moto gainean!

Jendea txaloka, txistuka eta bibaka hasi zen, eta horren ostean guztiok batera oihukatu genuen "Leon! Leon! Leon!". Jazzek moto baten doinua jarri zuen potentzia guztiz, eta moto-taldeko guztiak motorra arrankatzen baleude bezala hasi ziren. Hura koreografia bitxia! Dj batek markatutako motor hotsaren haritik, zer eta herritar mordo bat moto gainean baleude bezala dantzan!

Hantxe hasi zen benetako festa. Hantxe erotu ziren motozaleak. Hantxe puztu zen Leon. Hantxe zoratu gintuen Jazzek motor hots eta musika elektroniko doinuen mix harekin. Ez zen beste ezer behar. Bertan ginenok abian ginen, iluntze hura gaueko ordu txikietara arte luzatzeko.

Eta ohartu nintzenerako ni dantzan nengoen. Naroa nire ondoan. Leon eta Elena barrez. Etxe eta Jokin bakoitza bere aldetik solasean, jende askorekin nahastuta. Eta Ola... Non zen Ola? Inguruan begiratu nuen. Barran. Txosna barruan. Jazzen ondoan.

–Non dago Ola? –galdetu nion Naroari.

Berak ere ingurura begiratu zuen eta, halako batean, atzamarra norabide jakin baterantz zuzendu zuen.

Ezinezkoa zen. Ola musuka ari zen... Mariarekin! Nire arrabarekin!!!

Une hartan zurrunbilo batean sartu nintzen: aitaren itzulera, arrebaren ihesa, amaren musu ezkutua, Elenari eman ezin niona, Naroarekiko erakarpena, liskarrak, nire beldurrak... Zorabiatu eta ziplo erori nintzen lurrera.

22

–Ros! Ros!

Urrunean, oihartzun bat balitz bezala entzun nuen nire izena, eta jarraian ur hotza sentitu nuen aurpegian. Begiak ireki nituenean lurrean nengoen etzanda eta dozenaka begi nituen begira.

–Ondo al zaude?

–Zer gertatu zaizu?

–Urik nahi al duzu?

–Medikuari deitu!

Esaldiak barra-barra. Baina inork ez zuen ezer ere egiten. Orduan ama hurreratu zitzaidan eta altxatzen lagundu zidan.

–Goazen etxera!

Zutik jarri nintzen baina oinak oso ahul nituela sentitu nuen eta berriz ere zorabiatzera nindoala begitandu zitzaidan.

–Berriz ere ari da zurbil jartzen! –egin zuen oihu Naroak.

Hala zen. Indarge sentitu nintzen eta nire pisua astuna zen, oso astuna amaren besoetarako. Aita agertu zen jendartetik eta besoetan hartu ninduen.

–Goazen!

Aitaren besoetan iritsi nintzen etxera. Ama eta arreba atzetik. Naroa ere etorri zen. Baita Ola, Etxe, Leon eta Elena ere. Eta Gloria. Nire ohean esnatu nintzenean identifikatu nituen aurpegi haiek guztiak arraro egiten zitzaizkidan. Ezezagunak izango balira bezala. Ama salda beroarekin etorri zen.

–Edan. On egingo dizu.

Ahal nuen bezala altxatu eta katilutik edan nuen. Hobeto nengoen. Zorabio hura estresaren ondorioz edo izango zela esaten zuten guztiek, eta bakoitza bere erara errudun sentitu zen.

–Ez duzu ba sukarrik izango? –amak eskua jarri zidan bekokian, ume txiki bat izango banintz bezala.

–Ondo nago, ama! –eskua kendu nion bekokitik.

Bero zegoen. Gela hura txikiegia zen horrenbeste jenderentzat. Izerditan hasi nintzen, deseroso, haiek guztiak niri begira zeudela-eta.

–Bakarrik egon nahi al duzu?

Aitak egin zidan galdera. Itxuraz, ondotxo zekien zer ari nintzen sentitzen. Akaso bera ere pasa izan delako antzeko egoeretatik eta horrelakoetan nahi duzun gauza bakarra izaten delako bakarrik egon, begiak itxi eta atsedena hartzea.

–Bai, eskertuko nuke.

Inor ez zen ausartu ezertxo ere esaten. Banan-banan hasi ziren gelatik ateratzen. Eskuaz agur eginaz, begi-keinuak botaz, irribarreren bat eskainiz... Naroak musu bat eman zidan ahoan eta izugarri eskertu nuen. Atea itxi zenean eta isiltasuna sumatu nuenean, bake modukoa sentitu nuen. Arnasa hartu nuen, sakon. Baina orduan, bakardade hura erasoka hasi zitzaidan eta alde egin zuten haiei guztie eskerrak eman beharra sentitu nuen.

–Ama! Aita! Naroa! –oihuka hasi nintzen. Segundo gutxira sartu ziren guztiak gelan, arrapaladan, estu, larri, zerbait gertatu ote zitzaidan kezkatuta.

–Zer duzu?

–Ondo zaude?

–Medikuari deituko diot?

–Ez, ama! Ondo nago!

Isilik geratu ziren, niri begira.

–Gauza bat esan nahi dizuet denoi.

Eta orduan, egoera hark hileta baten antza zuela ohartu nintzen. Ni ohean etzanda eta guztiak triste aurpegiarekin niri begira. Pena ematen nuen, eta hori zen mundu honetan gehien madarikatzen nuena. Pena eman baino nahiago nuen gorrotoa sortu.

–Hara... eskerrak eman nahi nizkizuen baina… Baina, zer demonio, festa bukatu da ala? Enkargatu pizza batzuk eta afaldu dezagun guztiok gaur hemen!

Zur eta lur geratu ziren. Inork ez zuen horrelako ezer espero. Bata besteari begira hasi ziren, lurrera erortzean buruan kolperen bat hartu ote nuen galdezka…

–Neuk deituko dut! –aurreratu zen Ola.

–Pizzak nire kontu! Gaur nire urtebetetzea da!

Amak irribarre egin zuen eta Maria ere hasperenka ikusi nuen, pozarren. Aita eta Gloria eskutik helduta ikustea gustatu zitzaidan. Naroa nire ondoan eseri zen, ohean.

–Pizza? Faborez! Etxe honetako espezialitatea afalduko dugu… patata-tortilla!!! –esan zuen amak.

–Nik lagunduko dizut! –gehitu zuen Gloriak.

Gutxien espero nuenean gertatu zen hura. Tira, egia esan, ez nuen sekula pentsatu gertatuko zenik ere. Baina… Kuadrilla polita osatzen genuen. Aitari begiratu nion eta berak berehala ulertu zuen esan nahi niona.

taupadak

1. Eta ni zer? FERNANDO MORILLO
2. Kaixo, Kattin! ANTTON KAZABON
3. Aire beltza AGUSTÍN FERNÁNDEZ PAZ
4. Zugan pentsatuko dut GLÒRIA LLOBET
5. Maitasuna besterik ez MARLIESE AROLD
6. Pirtzina zilborrean ANTTON KAZABON
7. Palestina, zure mina BEGOÑA BILBAO
8. Komunista.com JOAN MARI IRIGOIEN
9. Bollikaoak zugatik PASQUAL ALAPONT
10. Dragoien orroa FERNANDO MORILLO
11. Kixmi elurpean ARRATE EGAÑA
12. Kale gorrian ROBERT SWINDELLS
13. Inork ikusi ezin duena SINCLAIR SMITH
14. Diamantezko miraria JOXEMARI URTEAGA
15. Urtebete itsasargian MIREN AGUR MEABE
16. Atearen atzean ANTTON KAZABON
17. Hil ala bizi R. L. STINE
18. Bideak, aldapak eta bihurguneak JUAN LUIS ZABALA
19. Bai baina ez baina bai PASQUAL ALAPONT
20. Seximenduz FERNANDO MORILLO
21. Irurac bat JOKIN DE PEDRO
22. Hilpuinak JOXEMARI URTEAGA
23. Zein beste mundukoa KARLOS LINAZASORO
24. Zer da, ba, maitasuna? MIREN AGUR MEABE
25. Ez ezkondu, aita! FINA CASALDERREY

26. Wendyk hegan ikasi zuen gaua ANDREU MARTÍN
27. Ezekiel JASONE OSORO
28. Medusaren burua MARILAR ALEIXANDRE
29. Aurpegiko ubeldurak ANTTON KAZABON
30. Ninak ospa MARLIESE AROLD
31. Desio izeneko tren batean IÑAKI SERRANO LASA
32. Heriotzak JOSU WALIÑO
33. Marta ispiluaren aurrean TERESA CALO
34. Larunbatean Bukowskin JOHN ANDUEZA
35. Dorak ezetz dio ISABEL-CLARA SIMÓ
36. Ezekiel nora ezean JASONE OSORO
37. Maite-Maite ile-apaindegia MARIE-AUDEL MURAIL
38. Izu-izua JOKIN DE PEDRO